典耀中华

中国文学大奖获奖作家作品集

梅 童

徐剑 著

主 编 王子君
副主编 沈俊峰
 陈晨

北京时代华文书局

图书在版编目（CIP）数据

梅童 / 徐剑著 . -- 北京：北京时代华文书局，2025. 6. --（中国文学大奖获奖作家作品集 / 王子君主编）. -- ISBN 978-7-5699-5875-1

Ⅰ . I267

中国国家版本馆 CIP 数据核字第 2025PW8812 号

MEITONG

出 版 人：陈　涛
项目统筹：张彦翔
责任编辑：邢秋玥
装帧设计：李　超
责任印制：刘　银

出版发行：北京时代华文书局 http://www.bjsdsj.com.cn
　　　　　北京市东城区安定门外大街 138 号皇城国际大厦 A 座 8 层
　　　　　邮编：100011　电话：010-64263661　64261528

印　　刷：三河市人民印务有限公司
开　　本：710 mm×1000 mm　1/16　　成品尺寸：155 mm×220 mm
印　　张：13　　　　　　　　　　　　字　　数：180 千字
版　　次：2025 年 6 月第 1 版　　　　印　　次：2025 年 6 月第 1 次印刷
定　　价：69.00 元

出版说明

20 世纪八九十年代，茅盾文学奖、鲁迅文学奖、老舍文学奖相继设立，一批批优秀的文学作品通过评奖活动为广大读者所熟知、追捧，在社会上引起强烈的反响，并得以跨越时空流传。这说明，文学的繁荣不仅需要国家政策的大力支持，更需要社会力量的广泛参与。进入 21 世纪，随着文学创作队伍不断扩容、优秀作品不断涌现、阅读热潮不断兴起，设立的文学奖项也越来越多。虽然多得有令人眼花缭乱之感，但不可否认的是，其中不少奖项已产生了巨大的社会效益，不少优秀作品、优秀作家脱颖而出，这对于中国文学事业的蓬勃发展起到了促进的作用。

2023 年春，教育部等八部门印发《全国青少年学生读书行动实施方案》。随后，122 家国家语言文字推广基地共同发出"典耀中华"主题读书行动倡议。多家具有文化情怀的出版社和出版机构立即响应，相继推出各种适合青少年阅读的图书。就是在这种背景下，"中国文学大奖获奖作家作品集"书系（以下简称"获奖书系"）应运而生。

获奖书系由北京世图文轩文化发展有限公司（以下简称"世图文轩"）策划、北京时代华文书局有限公司（以下简称"时代书局"）出版。我非常荣幸地受邀担任主编。

世图文轩成立于 2010 年，系在北京市乃至全国较有影响力的图书发行公司之一，曾获得"重合同守信用企业""诚信经营示范单位"等荣誉称号。长期以来，世图文轩和众多出版社进行合作，获得了合作伙伴的一致好评。而时代书局立足时代，矢志书写时代，为时代的文化产业大改革、大发展、大繁荣做出贡献，是一家有远大梦想、有创新理念、有品牌追求、有精品面市的出版单位。在"典耀中华"主题读书行动倡议中，世图文轩和时代书局决策层敏锐地抓住机遇，迅速策划获奖书系选题，彰显优秀出版人的眼光、魄力与胸怀，以及通过出版优秀作品提高文化市场发展质量的理想。这样两家致力于图书策划、出版的企业，其品牌信誉是毋庸置疑的。

为大众，特别是成长中的青少年读者集中推送一批中国各种散文奖项获奖作家的个人作品集，是一件虽然困难，却功在当代、利在未来的大好事，我能参与其中，深感荣幸，同时一种使命感、责任感以及担当精神也油然而生。

经过反复讨论，我们先选择向茅盾文学奖、鲁迅文学奖、"五个一工程"奖、全国少数民族文学创作骏马奖、中国人口文化奖、冯牧文学奖、冰心散文奖、百花文学奖、丰子恺散文奖、朱自清散文奖、汪曾祺文学奖、中国报人散文奖等 12 种奖项的获奖作家征集书稿。后因个别奖项参与者少，又做了适当的调整。书系规模暂定为 100 部。相对于众多的奖项、庞大的获奖者队伍和现今激增的作家人数，100 部显然太少，但作为一种对获奖作品的梳理、对获奖作家的检阅的尝试，或许可以管中窥豹，从中观察到我国这几十年来散文创作的大致样貌。我们希望此书系今后可以持续出版，力争将更多的有影响力的奖项与获奖者的优秀作品纳入，形成真正的散文大系。

令人特别感动的是，刚开始组稿时，王宗仁、陈慧瑛、徐剑、韩小蕙、王剑冰、蒋子龙等作者就对书系表现出极大的支持和信任，并在第一时间提供了书稿以示鼓励。随着组稿工作的开展，我们发现，众多作家都表现出对这个书系的浓厚兴趣与高度认可，他们对当代散文创作事业的发展前景有着共同的期待与信心。这对我和我的编委团队无疑是一种巨大的鼓舞。

组稿虽然费了不少周折，但总体上比想象中顺利得多。当然，非常遗憾的是，一部分作者的作品由于版权授出等原因，未能加入这个书系。

书系里，名家荟萃，佳作如林。有的，曾代表过一种新的创作范式；有的，曾开启过一种新的创作方向；有的，对某一题材开掘出更深、更独特的思想；有的，有引领某类题材与风格的新面貌；等等。100 部，就是 100 种人生故事、100 种生活态度、100 种阅历见识、100 种思维视角、100 种创作风格。无论是日常生活、人生成长还是哲理思考，我们都跟着作者们去感受、感悟、感怀——由 100 部书稿组成的书系，构成当代散文创作的一个缩影。

要做好这样一个大工程，具体的、烦琐的编辑事务远远超出了我们的预想。但是，我们没有知难而退。我们困于其中，也乐于其中。

在组稿、编辑过程中，我思考一个问题：我们为什么要读书？

每年的 4 月 23 日，是"世界读书日"。据说，每到这一天，会有 100 多个国家举行读书活动，旨在提醒人们重视阅读。我无法用一大段富有理论价值的话语来论断为什么要阅读，但以我个人的阅读感受，我坚信，只要阅读，就一定会有用——在浩瀚无垠的宇宙里，我们不过是一粒粒微尘，但阅读也许能让一粒粒微尘落在坚实的大地上，变成一粒粒微尘般的种子吧。而且，我认为阅读要趁年少。年少时你读过的书，你背诵过的诗歌、散文、格言、小说章节，随着时间的推移，你可能会淡忘，可能很难再复述出它们的具体内容，但其实它们早已对你的人生产生了潜移默化的影响，你从这些书中汲取到的营养，已经融入你的价值观、世界观和你的生活哲学。因此，我们组织的书稿，必须能成为真正可读的、有营养的、有真善美力量的作品，能真正在人心里沉淀下来。

习近平总书记在文艺工作座谈会上讲话时指出："优秀文艺作品反

3

映着一个国家、一个民族的文化创造能力和水平。吸引、引导、启迪人们必须有好的作品，推动中华文化走出去也必须有好的作品。"我们希望，这个书系能成为读者眼里"有正能量、有感染力，能够温润心灵、启迪心智，传得开、留得下，为人民群众所喜爱"的优秀作品。再过十年、二十年甚至五十年，这套书系依然能够有读者喜欢，有些篇章能经得起岁月的洗礼，真的成为经典。

当然，任何一套书系都做不到十全十美。我在编纂这套书的过程中，最大的感受是，当代散文创作无论是题材、创作方法，还是思想容量、艺术表现力，已真正呈现出百花齐放的态势。我希望读者亦能如我一样，从中感受到散文天地的无垠无际，感受到散文的力量。

在此，特别感谢给予我们信任与支持的作家，特别感谢包括世图文轩、时代书局在内的所有为此书系的成功出版付出了辛勤劳动的团队和师友。

谨以此文代为书系的说明。

2025 年春，于北京

目录

扎尕那，未曾错过的记忆

1

已经是秋深了，那天下午，他伫立在凉山州木里大寺门前，极目山岭迤逦，有一支驮队的剪影，从云南丽江山间铃响而来，犹如蚂蚁一般，掠过木里县的山间。彼时，风铎丁零作响，秋风起，摇曳之影将蓝色的天幕划破。刹那，他迷失了，这铃声，应该是云南马帮所特有吧，怎么会与木里大寺众僧晚课浑然一体？木鱼咚咚，晨钟暮鼓，是谁擂响鼓点，摇响那驼铃声？彼时，他从历史天空中，看见一个人，伏在云南小矮马背上，是那个叫约瑟夫·洛克的洋人，身后跟着丽江永宁土司管家阿云山派来的保镖，肩上斜背鹿角叉开的猎枪，威风凛凛，从泸沽湖策马而来。

在他的记忆中，此乃一张褪色的照片。那是 20 世纪二三十年代，《美国国家地理》杂志特约记者约瑟夫·洛克，因在丽江待得太久了，他想去更远的地方了，比如四川藏区、甘肃藏区，远方梦一般地吸引着他，那是真正的香巴拉世界，充满了无限的诱惑。

约瑟夫·洛克踏上了征途，朝着木里王国走来了，他此行的终极地，就是要寻找一个叫香巴拉的世界，人类最后的伊甸园。

2

那天他们在郎木寺吃过中饭就出发了。中国作家第一次走红四方面军长征路，下一站就是迭部县，大道沧桑，当年红四方面军的足迹，早已被风雪淹没。他们从大巴山一路走来，从马尔康过红原，抵达黄河大拐弯，再驶向若尔盖，在县城夜宿。第二天上午去班佑，将红军三过草地最后一段行程走完。然后向川甘接壤地郎木寺小镇疾驶。晌午时分，抵达郎木寺。他走到观景台，环顾郎木寺周遭风景，俨然一个香巴拉王国。山岭如锯齿，远远望去，犹如古城郭的雉堞，骑于山岭，仿佛将郎木寺小镇环抱于城墙之中，森林、牧场、青稞地，远处半坡上，喇嘛庙金瓦闪烁，煨桑的青烟，袅袅飘浮于小镇上空，反衬阳光，金晃晃的屋瓦，让人恍入天阙。

他一趟趟远足荒野，依然被这方寂然灌醉。好一个静字了得，迭部之境，无车马喧，亦无红尘之扰，村庄、庙宇、牧场、放牧女，坐落于天地间，似乎是为上天诸神准备的后花园。栖息于此，安妥一个曾经躁动的灵魂。

余后的行程，将驶向决定长征红军命运的天险腊子口。

雨燕叽叽，郎木寺梁上的燕子出巢了，带着儿女飞往远方。

3

约瑟夫·洛克在木里王国待很久了，沉醉在蓝月亮山谷，与木里王成为至交。他已经游遍木里，惊叹这里夜不闭户，路不拾遗。这才是真正的香巴拉呀！洛克以一怀虔敬，写下《黄喇嘛王国——木里》，投给了《美国国家地理》杂志。然后，将目光越过雪山，从乡城、稻城，投向了康巴、甘南的藏区。他知道真正的风景藏于何处，于是行至打箭炉之香城、稻城，揽神山无尽，可他仍觉得难媲美德钦的卡瓦格博，正巧，路遇一位云南马锅头，他问还有仙境藏于前方吗？

当然有了呀。迭部哇！马锅头答道。

于是，第二年，约瑟夫·洛克调转马头，从云南入川，从离迭部最近的州府南充过去。

那天洛克的目光从岷山之巅掠过，旷野村庄之上，两边尽是白石山、红石山，就像他在郎木寺看过锯齿般的雉堞一样，风景这边独好。向东，经博峪沟，抵达大峪沟，沿大峪河溯源而上，到迭山主峰措美峰，翻越此山，即跨过黄河与长江流域的分水线。向南，翻越古麻山，沿麻牙沟，便可到达迭部诸峡谷。

1927 年冬天，约瑟夫·洛克走了另一条路。他带着仆从于大雪中翻越岷山，先经过麻儿沟、拉力沟、卡车沟，再向西到车巴沟，沿车巴沟逆洮河而上，抵达光盖山主峰久波隆；穿越"石门金锁"，向西，沿河谷进至扎尕那山，比蓝月亮峡谷更美的风景在等着他。

八面风景奔来眼底，四周白岩石山崖，锯齿般的城墙，就像龙门一般，耸入云间，孤峰兀立，如众神山列列。从那个视角看过去，田野、牧场、山坡上牛羊成群哪，与他在木里看过的风光相比，又是另一番绝境。他以为，这就是汉语说的桃花源里人家。

他一步一步从高山之巅，向前，抵达迭部最高处，往山下俯瞰，约瑟夫·洛克惊呼，伊甸园！

4

在白龙江畔的草地上，中国作家重走长征路采风团又停车休息，太阳挂在天上，高高的，入县城时间尚早。路边草地上，偶有牛羊出入，远处是一片河滩，可听白龙江淙淙流水。一曲歌罢迭部风，花儿从风中传来。他盘腿坐于草地，望天，蓦地想起过班佑河的长征故事，曾写入总后勤部政委王平上将的回忆录。彼时，中央红军红十一团已过了草地，彭德怀仍不放心，命令团政委王平率警卫连再返回去收容。这等于倒回几十里地，红军官兵早已经精疲力竭。于是，王平叫警卫连长吹集合号，带上干粮，再回班佑草地。等到了班佑河边，从望远镜看到对岸坐着一排排红军战士。漫漫长征路上，草地将尽，走过迭部，就是天险腊子口，只剩下最后一道雄关六盘山。胜利在望，河对岸掉队的战士，一定要将他们召回。王平带着警卫连过河，往那原地坐着的战士走去，看到他们像冰雕一样，坐于天地之间。他们早已没有了呼吸。收容队的红军将士都哭了，他们将这些冰雕似的战士一一放倒，仔细地查看，企图找出还有生命体征的同志。只要有人还有一口气他们就绝不把他落下。最终，他们背回一位还有微弱脉象的小战士。令人难过的是，过了河，那小战士还是停止了呼吸。也许他们再也回不到烟雨江南、中原大地，可是他们的脸和眼神始终向着故土。那一刻，他的泪水涌了出来。

登车往迭部县城驶去。一路相伴是呼啸的白龙江，向下，冥冥之中，他看到约瑟夫·洛克骑在云南小矮马背上，在他的前方踽踽独行。他也从云南故里来，只是离开家乡已经四十多载了。

车子路过一个叫扎尕那的藏族村庄，没有左拐进去，而是直驱县城，他们与约瑟夫·洛克惊叹的最后伊甸园失之交臂。

抵达迭部县城,太阳还高高的,看表,不过下午四点多,他和几个同行者一起去探迭部旧城王宫。西行二十多里地,看到山顶废墟列列,城墙瘦骨铮铮,在岁月的风中挺立了千年。他们弃车往山上爬,海拔不低,在二千七八百米之间。他们很快登顶。眼前一片蒿草遍地、残垣断墙,人一进入,惊动一只只鹧鸪和斑鸠翼翯而上,飞向晴空,排箫般的天籁从空中传来,他仿佛听到了大昭寺和桑鸢寺的风铎之声。

踯躅于迭部王宫的旧址里,他蓦地发现了一个石柱,上边镶嵌一行字:三国蜀汉姜维拴马处。那一刻,他已经站在三国时代的旧址上了。

黄昏泛起。在山上流连太久,伫立于高山之巅,远眺新县城,他觉得心旷神怡,万山皆绿,城市山外青山,他觉得莽荡森林后边,藏着一个香巴拉,抑或一座伊甸园。

暮色苍茫,他被历史的云烟淹没了。

5

这一回,他又一次走在了约瑟夫·洛克之道上,会有奇遇吗,他不知道。那一年冬天,约瑟夫·洛克骑着甘南黑骏马走进了扎尕那,一路下山,抵达第一个村庄,便是迭部县益哇乡,海拔 3300 米。扎尕那是藏语,意为"石匣子",一座天然"石城"。约瑟夫·洛克恍入梦中,环顾四周,地形像一个偌大的宫殿,万仞山峰相连,金刚之杵遗世独立。

次日登临扎尕那,约瑟夫·洛克的马队是从代巴村、达日村、业日村、东哇村一路往下。藏居人家皆按山势从高往低,依次而建,村子房屋多为木板楼。村民称他们是吐蕃松赞干布的后裔,当年远征至此,以此为家。

伊甸园。那晚喝过酥油茶，品尝过青稞酒，约瑟夫·洛克微醺。他摊开日记本写道："我平生未见如此绮丽的景色。如果《创世纪》的作者曾看见迭部的美景，将会把亚当和夏娃的诞生地放在这里。迭部这块地方让我震惊，广阔的森林就是一座植物学博物馆，绝对是一块处女地。它将会成为热爱大自然的人们和所有观光者的胜地。"

6

可惜他一再错过约瑟夫·洛克所说的伊甸园。他第一次从迭部县回来不久，一位朋友到了扎尕那，在朋友圈推介，他被那神秘光影吸引了。问此地何处，对方告知是迭部，他扼腕叹息，去岁刚走过，错过一方胜境。

他不想再错过了。壬寅年之秋，几位文友约他去甘南采风，地点有迭部、有约瑟夫·洛克之道，及他曾经错过的伊甸园，他第一时间便答应了。他从昆明长水飞来，在迷迷漫漫的风中从天而降。先抵兰州中川机场，趁着雨夜，驶向甘南，一步步走向神山白石山，走近郎木寺，往迭部县扎尕那走近。

入扎尕那，时至傍晚，天晴朗得很，神山上万里无云，那纯净的蓝，没有雨雾，亦无山岚，太透了。车入第一个村里，木楼依旧，青稞刚收获不久，地已犁过，黑黝黝的，透着泥土的味道。车子一路盘旋向上，过了第二个村庄，视角渐次升高。到了观景台，第三个村庄渐入佳境。伫立观景台上，望着扎尕那的石峰发呆。夕阳西下，再往当年约瑟夫·洛克从山顶下山的第一个村庄代巴村走去，看青稞架上，麦穗金黄，民宿楼上，天顶玻璃，可仰望星星。入一年挣四十万的藏家民宿，坐在大阳台上，喝酥油茶，再观扎尕那，四周群山相拥，白石为城墙，为雉堞，为金色塔林。田野中，牛羊悠然，踏着夕阳归来，倒影投在黑土地上，他突然有一种莫名的感动。天地独一人，晚风吹铎铃，木鱼点点，经幡如魂。此处可安妥灵魂。坐在这里，与夕阳一起老去，不问归途。

当有人催他走时，他很矫情地答道，我不想走了。

众人皆笑他痴。

其实他一点儿也不痴，因了魂魄已化在此地。

西 域 断 章

胡天无雪不见君

已经是下午二时了。可天庭之上，太阳钟盘刚指向十二点，秋阳正烈。不远处之火焰山，地表温度仍达到四十多摄氏度，交河、高昌古城，皆无入秋渐凉之气象。离开吐鲁番前的最后一站是去看博物馆，无意间，竟在克孜尔石窟抄经文中，与大唐边塞诗人岑参的账单不期而遇。"岑判官柒匹马共食青麦三豆（斗）伍胜（升），付健儿陈金。"寥寥一行字，此乃一千多年后在吐鲁番以东阿斯塔那古墓群纸棺上发现的。

麻纸早已褪色，墨迹仍旧清晰，浮冉着一股千年烟火。遥想当年，漠风萧萧，岑参将一碗浊酒饮尽，付过马料钱，走出客栈。蓦然回首间，交河古城黑云摧城，风雪欲来。彼跃身上马，紧随安西四镇节度使高仙芝和节度判官封常清身后，朝着天山南麓飞驰而去。雪地之上，留下一行行马蹄之印。

马蹄声咽，没于风雪之中。乙未年立秋后，余兀立于交河古城天穹下。斯时，中国作家"丝绸之路行"登车而行，跟随法显、玄奘和岑参走过西域大地，一路向西。胡天八月即飞雪，可地平线尽头，阳光灿然，万里无云，大唐马队隐于何处，岑参又在何方？

对于中国文人骚客而言，长河落日，大漠孤烟，边关冷月，千帐灯火，灵魂有安妥处，心中便有诗性与神性。于是，半阕苦吟，两行诗句，一声仰天吟啸，便将一片洪荒之域，化作温馨的精神之乡，吟成千古绝唱。从此，一首诗，一句话，成就一处人文景观，只要诗人精神不死，斯地便永远有一个文化之魂踽踽独行，令万世景仰。余对岑参情有独钟，源自少年从军，蛰伏湘西一隅，寒夜苍茫，冷雨夹雪，楚山凝冻，窗前窗后，皆成玉树冰山，梨花莽荡。我偶尔读《白雪歌送武判官归京》，从"胡天八月即飞雪"至"忽如一夜春风来，千树万树梨花开"，顿时生出万千喟叹，此诗此境，竟将窗含玉树、梨花飞扬为诗情画意。顿时，我便被其高远志向和大度襟怀倾倒。后，再读《走马川行奉送封大夫出师西征》《轮台歌奉送封大夫出师西征》，仿佛看见一介书生岑参，身披铠甲，抚剑问天，将寒山望断，把吴钩拍遍，断鸿声中，落日楼头，唯见天山暮雪。此时的大唐学子豪气天纵，"宁为百夫长，胜作一书生"，夜入军帐，挥动狼毫，蘸着精神膏血，作歌赋词，戍边立业，只为封他一个万户侯。盖中国之少年精神矣。

一路向西，车沿天山大纵谷而行，相伴百里，秋阳从车窗斜射进来，晒得人昏昏欲睡。羁旅遥遥，天山冷梦，西望长安，不见故人入梦来，一代边塞诗人之肉身消失于滚滚风尘里，却活在一卷卷唐诗之中，活成千古。少年岑参，生于钟鸣鼎食之家、簪缨之族，从曾祖父岑文本为李世民宰相始，一门三宰相，相太宗、中宗、睿宗朝。其伯祖父长倩本为中宗当朝宰相、廷上重臣，至睿宗时却触怒天威，不仅祸及五个儿子被诛，就连岑参之伯父睿宗朝宰相岑羲也未能幸免，成为刀下冤魂。后株连九族，岑氏一门从此家道中落。然，岑参五岁读书，九岁吟诗作赋，少有拿云之志，欲振岑家声威。彼万里赴戎机，只为官至卿相，不辱祖宗。天宝八年后，两度出长安，过北庭，入大唐安西都护府，先为大唐名将高仙芝幕府掌书记，随一代常胜将军征小勃律国，兵出葱岭，直抵今日之阿富汗的兴都库什山，威震西域。一千年已矣。从帕米尔高原走入亚洲腹地的探险家斯文·赫定，踏勘高仙芝行军路线，惊叹道："此为人类历史之第一次，乃中国最勇敢之将军也，比欧洲名将汉尼拔、拿破仑、苏沃洛夫之越阿尔卑斯山，真不知超过多少倍！"然，高仙芝不识岑参之才，冷落其于幕后。两年后，岑参悻然回长安，与李白、杜甫、高适厮混，吟诗填词，喝酒作乐。酒酣之后，彼怆然泪下，心不甘寂寞也。天宝十三年，彼再度入西域，欲圆卿侯之梦，成了安西都护节度使封常清之判官，随着大唐雄师降服西域三十六国与昭武九姓，留下三百多首边塞诗作。此时，彼最歆羡之人，乃封常清大夫。其未至不惑，已为国之干城。岑参吟诗献媚，一脸真诚："如公未四十，富贵能及时……天子日殊宠，朝廷方见推。何幸一书生，忽蒙国士知。侧身佐戎幕，敛衽事边陲。自逐定远侯，亦著短后衣。"然，岑参终未能像心中偶像班超一般，封个定远侯，最终以峨眉山下一嘉州刺史了此余生，罢官之后，客死锦官城，时年五十二岁。留下一曲曲边塞高歌，吟成青山黄河。

"轮台东门送君去，去时雪满天山路。"吾等半卧于铁甲之上，一路坐车观天山、看西域。车过马兰，未停，过博斯腾湖、焉耆、铁门关，皆未停，夜宿库尔勒。次日，前往龟兹古国库车，抵近轮台时，天地玄黄，轮台东门不再，天山以南行旅，一路秋阳红灿。胡天无雪不见君，西天取经之途，大道寂寂，已经没了马蹄声、驼铃声、胡曲声……

谁的龟兹

车出库尔勒城后，一路向西，当晚下榻之地，便是库车县城。漫漫行旅，欲行五小时之久。太阳懒洋洋挂于天山之上，从南边车窗斜射而入，晒得人东倒西歪，沉入梦乡。然，我却无半点倦意，独倚窗前，极目天际，神游八荒，天山南麓红白黄褐之丹霞地貌，如天马惊空，似白象原驰，更有红驼悠然，随众菩萨出行，博带褒衣，背景是一片深海般的宗教蓝，在我之视野惊现一派梦幻之境。

斯时，西域大道上对头车稀少，好久不见一辆车驶过来。不闻马蹄声咽，亦无驼铃悠悠，我却顿感体热，有一股历史信息激活于焉，奔突我身。冥冥之中，唯见持节张骞骑于汗血宝马背上，踏雪而来，汉风威仪，臣服四方。班超万里封侯，击右地、破白山、临蒲类、取车师，诸国震慑响应，遂开西域，彼出入二十二年，莫不宾从。大军沙暴般掠过后，大漠依然岑寂，汉地却陷入兵荒马乱，于是僧侣登场了。朱士行、法显、玄奘背着行囊跄跄而行。一袭僧袍风中飘过，掠过塔克拉玛干大漠，犹如精神路标，指引着人类，温暖着逃出生死之劫的商旅。

然，大道空花，一袭袭僧袍如古道上丝绸一样，湮没于历史风尘之中，风干成记忆。在我的行走地图之中，轮台城过后，西域三十六国下一个驿站应该是伽蓝圣地，大唐安西都护府治所龟兹了。

龟兹何在？我向着瀚海大声呼唤。同车新疆作协朋友道，就是今晚下榻之地库车县也。

龟兹，库车？库车，龟兹？古龟兹国早在汉代便存世千载了，龟乃秋之繁体偏旁，与汉文化同源。而库车乃突厥语，取悠久、悠长之意。后见库车县委书记，彼称，库车乃当地维语龟兹之拼读谐音。

谁的龟兹？龟兹国王的，鸠摩罗什的，大唐高僧唐三藏的，安西都护府将领高仙芝、封常清的，还是龟兹吐火罗语唯一大师季羡林的，抑或你的，我的。

落日时分，隐没于云中的夕阳，从云罅中筛下几道金光，犹如佛陀之蓝花指，摩挲库车城郭。车抵县城，下榻之所，居然是一座五星酒店，其豪奢之度，非大汉、大唐之龙门客栈可媲。我伫立于十六层落地窗前，俯瞰城池，古龟兹国、大唐安西都护府，还有登高望远，满城金顶、佛塔的伽蓝，皆湮灭于岁月暮色中，风轻云淡。唯有文化活着，一帖青史活着，活在上古的记忆里。

一个人的龟兹，绝非国王的、大唐都督的龟兹，尔辈皆走马灯似的，你唱罢了我登场，唯有古人鸠摩罗什和今人季羡林御风登上云端。

云上偶像，庙里菩萨。七岁小和尚鸠摩罗什从天上宫阙飘然而下，将金色袈裟往肩上一抛，蓦然回首。鸠摩罗什生于贵胄之家，其母为龟兹王妹，父亲来自印度。因母亲笃信小乘佛教，便注定其一生将献于佛前，坎坷一世。彼一经入庙，梵呗声声，轻烟浮冉，却如星光闪耀，一天能诵经书一千谒，相当于三万二千字。九岁时，彼与母亲过葱岭，涉恒河，至佛祖涅槃地，拜槃头达多为师。待学成归国，彼已在佛学、哲学、逻辑学、声韵学、语言学、医学、历算、星象等方面达到精深造诣，令龟兹国王垂青不已。

西域的一名僧人，引起了汉地皇帝的注意。前秦皇帝苻坚对鸠摩罗什仰慕不已，要求出兵西域。彼对麾下战将吕光云，破龟兹城池，朕不要金银财宝，宝马美女，只掳国宝，即国师鸠摩罗什。果然，吕光万里远征，大胜而归，只掳鸠摩罗什而去，逼其还俗、破戒，与国王之女结婚。并囚之于凉州城，译经十七年。后江山易主，后秦皇帝将鸠摩罗什接入长安，举行盛大的入城仪式，令其率众弟子译经。鸠摩罗什圆寂于长安城，身后，留下万千经卷。

我有幸，在敦煌，在京畿，浏览过黄庭坚和康熙皇帝正书鸠摩罗什译的《大金刚经》，一点一划、一撇一捺之中，皆现古代汉语与白话韵律之美，宗教之美，梵语声声，令人如痴如醉。

还有那位山东青年季羡林，跨洋过海，在德国巧遇吐火罗语，方知乃故国西域之语，遂跟随德国天才学者西克教授，对这门混杂焉耆语、龟兹语之语言展开学习研究，终一人得道，独尊天山，睥睨西域，无出其右，成为往圣继绝学之一代大师也。

翌日上午，我等出库车城，往城北，驶向天山南麓之雀离大寺，行四十余里，抵当下称之为苏巴什佛寺遗址之地。岁月沧桑，宗教轮回，几经盛衰沉浮，兵燹毁寺之后，终成一片残垣断壁。佛寺经塔旧址之上，白云还是昨天之云朵，可祥云不在；漠风依旧尖啸掠过，却无风铎悠然；东寺和西寺隔着宽阔的干涸河床，苍烟犹在，清泉已经不复。万僧随鸠摩罗什诵经之盛景风化为青史碎片，唯有那耸入云天之经塔和半壁寺墙，与天山同在。一阵漠风过后，梵香，梵呗，长号，晨钟暮鼓，仿佛从历史深处响起，敲在每个到龟兹的旅人心上，依旧令人沉静，觉悟无常，物我皆忘。

葱岭在上

此次中国作家"丝绸之路行"之终点，乃喀什。而余最神往之处，却是葱岭，心慕三十载，颇想驱车叶城，登上界上达坂，在海拔五六千米雪山之巅，在其貌不扬之垭口处，蹦三蹦，大声疾呼，我来了！看是否与在西藏的感觉与反应一致。

日暮时分，抵南疆重镇喀什，一问方知，此地离塔什库尔干县、离葱岭仍有三四百公里，将近一天的车程，只好止步于喀什。葱岭不可去兮，唯有遥望。

余对葱岭之迷恋，始于西藏。转遍西藏神山圣湖之后，唯有一条通往西天取经最艰难之道，西方探险家称为最具挑战性的户外之旅，横亘于巴基斯坦、阿富汗、塔吉克斯坦及中国的葱岭，久久吸引了余之目光。

葱岭，古称不周山，《山海经·大荒西经》记载："西北海之外，大荒之隅，有山而不合，名曰不周负子。"《淮南子·天文训》则对不周山的描述更具想象力："昔共工与颛顼争为帝，怒而触不周之山，天柱折，地维绝。天倾西北，故日月星辰移焉；地不满东南，故水潦尘埃归焉。"

汉朝以来，不周山便称葱岭。斯为喜马拉雅山、昆仑山、喀喇昆仑山、天山及兴都库尔山接壤处，神山列列，雪峰苍茫，大纵谷撕裂崇山峻岭，因岭上多野葱或山崖葱翠而得名。塔吉克语，则称其为帕米尔，意即世界屋脊。至大清国末期，葱岭渐次在人文地理语境中消失，代之为帕米尔高原。

葱岭在上。余情有独钟，源于阅读。东晋法显《佛国记》，玄奘《大唐西域记》，还有后来走过葱岭的西方探险家马可·波罗、斯文·赫定，在其《马可·波罗游记》《亚洲腹地旅行记》中皆对此地做过精彩描述，令余，掩卷不忘。新世纪又一个千年，当余携女儿在世界最高峰珠穆朗玛大本营踯躅半日，不忍离去之时，遂将目光投向葱岭之上的世界第二高峰乔戈里峰，期冀一睹奇崛。

是夜，我下榻于喀什宾馆，一夜耿耿难眠，半睡半醒，迷迷糊糊，眼前掠尽是一帧帧葱岭风光与踽踽独行之地史学家，彼或僧、或官、或将、或卒、或冒险家、或文物大盗，兀立葱岭，俯瞰神山，褐色僧袍一袭，镀金铠甲一副，飘荡于葱岭之上。

法显走出长安城的时候，是东晋隆安三年。

　　彼将这个远行西域的时间，记为"岁在己亥"，意思说这年的天干纪年应为己亥吧，而时节恰是秋风四起时。后秦的都城有点衰败了，落叶萧萧长安道，万里悲秋，古城墙上箭镞犹在，伤痕累累。自入东晋十六国年代，又不得安宁。百年之间，长安城已有前赵、前秦、西燕、后秦四个小王朝在此建都。皆一个个短命王朝，长的三十多载，短的二三年，你唱罢了我登台，拥兵自重，有盔甲便可称王。兵燹战乱，喋血杀戮，年复一年。百姓惨遭涂炭，唯有到佛祖座下寻求温馨和解脱。驿道上朔风萧然，瘦马夕阳，一派风尘滚滚。而法显的目光却投向了万里之外的葱岭。

　　西天之路迢遥，逶迤走来，法显九死一生，过河湟，入罗布泊，越塔克拉玛干，终抵西域佛教之都于阗王国夏坐之后，前方葱岭在其视野中如城垣般崛起。

　　葱岭之东有六个国家，法显一行翻越葱岭，跋涉二十五天，皆是小乘佛教之地，此地山寒，早晨起来满地清霜，已经与汉地明显不一样了，不种稻菽、麦穗，物种也不尽相同。唯有竹子、石榴和甘蔗见过，显然离故乡越来越远了。

　　伫立葱岭之巅，满目高山峻岭，沟壑纵横，崖岸高绝惊险，山巅岩石峭然，壁立千仞。临近峭壁，就会头晕目眩，想要往前走的话，甚至连放脚的地方都没有。崖壁下面有一条河流，叫新头河。过去有人顺着山势在绝壁上凿出石阶，以作为通路，一面临壁，一面却是万丈深渊，总共有七百石阶。胆战心惊地爬上石阶之后，轻轻踩着悬在上空的大索渡过河，河两岸相距有八十步宽。这里是殊方绝域，甚至汉朝的张骞、甘英也都没有到达过呀。

　　然，百年之后，大唐名将高仙芝及身后的两万余官军抵达了。

　　那天，大唐安西四镇节度使辕门前，接过节度使夫蒙灵詧递过来的壮行酒，高仙芝和出征将士豪饮而下，跃身上马，抽出挂在铠甲上的佩剑，往西域天空一指，剑光划破了晴空，湛蓝天幕上顿时伤痕累累。高仙芝的剑锋所指，便是当时世界上堪与大唐比肩的帝国——大食。

高仙芝太熟悉西域这片土地。少时便随父亲高舍鸡入安西从军，辗转河西走廊与河湟一带。虽然流淌着高句丽的血脉，却仰慕大汉帝国青年将军卫青、霍去病，十七八岁便在这块土地上建功立业。宁做五夫长，不为一书生，封他一个万户侯，那才是人生的最高境界。大唐的高天厚土，真乃放飞雄鹰之域，不管华族、东南夷，还是西北胡，只要有真本事，就可以在这里找到自己飞翔的天空。

少年从军行，一踏进安西都护府，高仙芝便热血沸腾了。因其骁勇果断，善于骑射，二十岁拜将，不到而立之年，已官至安西副都护、四镇都知兵马使。

然，一将功成，并非浪得虚名。高仙芝初啼试剑，是天宝初年，达奚诸部叛乱，波及黑山以北，直至碎叶城大部分地区（又称素叶城、索虏城，即大唐诗仙李白的出生地）。唐玄宗诏令安西四镇节度使夫蒙灵詧前去平叛。夫蒙灵詧派高仙芝率两千精骑自副城向北，直抵葱岭之下迎击叛军。达奚部因行军劳顿，人马皆疲，夜间宿营时，被高仙芝部攻破，尽为唐军所杀。高仙芝一仗出名。

西域战事，远在天外，可大唐开国至今，经贞观、开元之治，已显盛世气象，乃世界唯我独大之帝国，无人敢于挑战。西域三十六国，也尽握在大唐王朝掌中。帝国依托安西、北庭所辖各军镇，令焉耆、龟兹、疏勒、于阗等二十个西域小国，皆俯首称臣，进贡不断。

偏偏葱岭之上，有两个国家欲挑战大唐的权威。一个是小勃律，另一个是大勃律。前者原为唐属国，是吐蕃通往安西四镇的战略要津。吐蕃赞普把公主嫁给小勃律王苏失利之为妻后，小勃律国遂归附于吐蕃，吐蕃进而控制了西北各国，因此"西北二十余国皆羁属吐蕃"，中断了对大唐的朝贡。唐玄宗尚未沉溺霓裳羽衣曲之中，仍励精图治，对挑战大唐地位的行为，绝不容忍，屡出重拳。天宝六年三月，玄宗皇帝下诏，命安西副都护、都知兵马使、充四镇节度副使高仙芝为行营节度使，率兵万余人，征讨小勃律。

高仙芝与前几任大唐将领不同，彼充分了解斯地之地理、气象和大地构造，葱岭分东、中、西三部，按照现在人们所掌握的情况，东帕米尔以山为主，乃葱岭高地，山体浑圆，河谷地带却宽而平坦，平均海拔4000米。唐军行军欲穿越东帕米尔，且需翻越海拔7546米的慕士塔格山。一个冷兵器时代，靠马匹和步行，其难度可想而知。高仙芝却从容应对：行军时间的选择上，避开天寒地冻的冬季，选取三至十月份为进军时间；对于长途奔袭，此乃兵家之大忌，因远离大后方支撑，粮秣为最大难题，高仙芝让每位士兵都准备私马，专驮粮草；还有就是在行军时，注意隐蔽，出其不意。

春天来了，天空中灰头雁掠过，高仙芝仰望天空，对节度使夫蒙灵詧说，天时地利，万事俱备，可以出发了！

那天清晨，夫蒙灵詧为高仙芝出征送行。壮行酒喝过后，唐军将士碗一摔，在中亚时空中，中国历史上一位伟大的将军即将登台。彼长剑一挥，直指葱岭之上的小勃律国。于是，一万多名唐军出龟兹，一路向西，幕中判官封常清记下了一段驿程："经十五日至拨换城，又十余日，至据瑟德，又十余日至疏勒……"眼前葱岭横亘千里，寒山暮雪。然唐军挥师南下，马蹄声碎，从容踏上葱岭，开始千山寂静、唯唐军独行帕米尔高原，万里奔袭。每位唐军士兵骑于马上，后边都有私马相随，后勤粮草在规定的时间内都能得到保障；高仙芝专择平坦宽阔的山间谷地行军，使唐军的困难降至最低。经过漫漫长征，唐军先到达了葱岭守捉；然后再次向西，沿兴都库什山北麓西行，又二十余日抵播密川；唐军继续驰马而行，再经二十余日到达特勒满川。

夏天悄然而至。河谷里吹来阵阵暖风。高仙芝将麾下战将召进中帐，摊开地图，云，此乃打仗的好季节呀，安西唐兵分三路，剑指连云堡。

高仙芝一战出名，威慑西域，也在唐皇心中留下深刻印象。玄宗拔擢高仙芝为鸿胪卿、代理御史中丞，代夫蒙灵詧为安西四镇节度使，成了名副其实的中亚总督。

一千年已矣。英国冒险家斯坦因三度走过帕米尔高原，勘察了一千年前唐军行军路线，惊叹不已："数目不少的军队，行经帕米尔和兴都库什，在历史上以此为第一次，高山插天，又缺乏给养，不知道当时如何维持军队的供应？即令现代的参谋本部，亦将束手无策。"又慨叹道："中国这一位勇敢的将军，行军所经，惊险困难，比起欧洲名将，从汉尼拔，到拿破仑，再到苏沃洛夫，他们之越阿尔卑斯山，真不知超过若干倍！"

葱岭苍苍，雪水泱泱，我离葱岭仅一步之遥，却失之交臂，想此去经年，道友张鸿远行西域，彼行车途中，给我发微信，称正在西天取经路上。我答曰，代我看看葱岭。张鸿君按下车窗，投目处，恰好正体汉字镌刻于焉：葱岭。彼大惊，巧合呀。连忙回复我，我此时正在葱岭之上。彼停车拍照，感叹不已。

葱岭在上，天若有情，云上的日子，彼还会再等我另一个千年吗？此番爽约，只在几步之间，却意味着了却夙愿的时刻一天天走近。

葱岭，我会再来的，我在梦中，对着喀什城，对着葱岭，大声喊道。

夏 塔 之 思

1

晌午过后，在夏塔河边一哈萨克族牧人帐篷中吃过手抓饭后，我们登车准备去祭祀大汉帝国第一位和亲公主刘细君。

迤逦而来，山一程，水一程，汽车盘旋而上，一觉梦至天边。梦未醒，汽车已戛然停下。昭苏县旅游局的小刘说，细君墓到了。伊犁地界上，据传细君墓有三：一为新源县，背靠天山，放眼那拉提草原。二为特克斯县境内的"姑娘坟"。再有就是昭苏夏塔河谷。跨出车门，一汉白玉石雕兀立于天地间，茫然四顾，第一感觉便是风水甚好。整个墓园背靠青山，左边青山连绵欲飞，让人想到中华龙之图腾，右侧山麓似有卧虎雄踞，前方缠绕一条夏塔河。恰好印证了汉地风水之说。我暗自称奇，好风水。枕我青山，饮我冰泉，望我乡关子民，难怪乌孙国王族墓葬群落于此。

前不见乌孙人，独怆然荒原，几座犹如巨型蒙古包一样大的青冢，次第而上，直抵山麓。不知不觉间，走至汉族娇娘石像前，仰首一看，美女雕像大襟汉服，袂袖广舞，长裙匝地，似踏云而来。遥想当年万里迢迢，琵琶弦断，远嫁而来。

问及细君公主缘何葬于此，而非新源说、特克斯县的"姑娘坟"说。小刘称证据有三："一曰风水，二曰文物，三曰乌孙王者之墓。"我愕然，此第一理由，与我第一感觉不谋而合。便问此见来自何人？"罗哲文。"小刘脱口而出。

右拐，再右拐，蓦然回首，乌孙王墓地竟然成了夏塔古道之入口，风尘滚滚，冰河湍急。换上景区的车，溯夏塔河而上，滚雪滔滔，山风袭来，流急浪高，犹如一首《霸王卸甲》催我入梦。

1961年，历史学家翦伯赞应乌兰夫之邀，携范文澜、吕振羽两位先生到内蒙古访古。由西向东，行程一万五千里，历时两个月，写下著名考古报告《内蒙访古》，在游昭君墓时，翦伯赞吟诗道："汉武雄图载史篇，长城万里遍烽烟。何如一曲琵琶好，鸣镝无声五十年。"一次和亲，竟然换来五十年和平。

车窗之外，河谷里湍流挟着夏日融冰，混沌成一条黄龙，奔腾而来，一代汉武大帝早已无影无踪，倒是当年细君公主来时的夏塔古道，在视野里浮现。

2

我们向塔松之上的雪峰靠近。那天听了昭苏县委书记介绍，我就祈盼着一睹夏塔雪山的神韵，融入遍地黄花之中。

雪风吹过来，云层聚集起来。莲花峰在一次次的斜阳下袒露无遗，渐次用长袍遮住了自己。我坐于地上，然后伏身贴地趴于黄花之中，静心谛听，马踏飞燕，我听到的不再是大汉天马之蹄，而是大唐汗血宝马的响鼻长啸。

哪里传来了响箭之声？

夕照下，雪山苍茫，恍惚间，历史情景再次闪现。

东风又绿昭苏草原，大唐名将高仙芝仰望天山雪峰，对安西节度使夫蒙灵詧说："出发吧。"

一万多名唐军兵出天山，一路向西，必须逾越古道。

"为什么叫夏塔？"高仙芝回头问身边幕僚判官封常清。

"将军，夏塔乃突厥语，天梯的意思。"

大唐军队面前，何止横亘着一道天梯，天山、葱岭，一座比一座高，一道比一道险。夏塔横亘百里，天山暮雪。然而唐军挥师南下，马蹄声声，踏上天山，开始千山寂静、高寒缺氧的艰苦行程。僚中文士封常清记下了这次艰难的历程。

岭上一夫当关，万夫莫开，可此时的冰达坂上一兵一卒未见。高仙芝所率的唐军沿古道，越天山，登临葱岭，必须沿冰川而行，别无蹊径。这里有两条冰川，冰川的源头就是山口。这两条冰川长度都在十公里以上，而且冰川上冰丘起伏，冰塔林立，冰崖似墙，裂缝如网，稍不注意，就会滑坠深渊，或者掉进冰罅冻死。高仙芝担心士卒惧怕艰险不敢下岭，便选派二十余人装扮成阿弩越城的使者前来奉迎。兵士听后，畏惧心理顿失，唐军得以迅速下岭，向阿弩越城进发。

唐军疾行数日，过天山，沿葱岭曲线，抵达坦驹岭。

时隔一千四百年后，从帕米尔高原上走过的大探险家斯坦因，他看了当年高仙芝走过的道路，惊叹道："高仙芝比起欧洲历史上拿破仑和苏沃洛夫诸名将越过阿尔卑斯山，有过之而无不及……这一军事壮举最能够证明，中国人具有一种超群的能力，那就是，他们善于利用严密的组织去征服严酷的自然困境。"

3

夏塔古道就在前方，依稀可见。我们向雪山靠近，一步一景，一道光影一绝地风光，让人惊叹不已。

在南疆长大的老新疆的后代张者说："为了歼灭一支盘踞在天山以北的国民党匪军，打掉昭苏一带的土匪势力，王震将军命令原359旅717团的团机关率第二营和骑兵营官兵，从南疆阿克苏的温宿县出发，赶着长长的骡马队，经夏塔古道翻越天山。同样牵着战马，一步一步地爬上了莲花峰上的冰达坂，抵达北疆。剿灭匪患后，这支部队被改编为农四师十团，后称72团，驻于新源县。这与当年唐僧和高仙芝率领大唐帝国军队翻越丝绸古道一样迷人，一样具有挑战性。

斜阳正浓，雪风吹来，将莲花峰的云层吹开了，天穹呈现出一片蔚蓝，一道夕阳之光抚摸着雪峰，追光似的落在黄花丛中。极目眺望，莲花峰侧，一座雪峰又一座雪峰，渐次袒露，惊现于视野。我想起当年读张承志《夏台之恋》的感受，张承志在书中写道："应该相信我，夏台一线的一百多公里天山北麓的蓝松白雪，确是这个地球上最美的地带。"对中国大西北、大西南的神山雪峰，我几乎一一近晤过了。就雪山之美，自然要数云南的梅里雪山最美，珠穆朗玛峰、南迦巴瓦峰、冈仁波齐山、贡嘎山、阿尼玛卿山和巴颜喀拉山等等，皆无法媲美。但是若拿藏区诸多神山与天山夏塔莲花峰相比，平心而论，我认为梅里第一，莲花峰第二。

我们一直追着太阳拍照，拍到最后，暮色沉沉，夏塔古道沉落于黄昏之中。张承志说这是世界上最美的风景，其实不无道理，毕竟每个游者心中都有一道绝地风景线，只是因心情不同而已。

归去，胡不归！默默地向雪山行了一个膜拜之礼，回程路上，天幕上尚有一抹未消失的晚霞，这道霞光，拂照过张骞、刘细君、法显、玄奘、高仙芝，然，逝者已矣，我想，这道霞光只会永远留在夏塔古道上。

祁 连 如 梦

祁连如梦

青海多名山、神山、雪山，雪山苍苍，湖水泱泱，一句"青海长云暗雪山"，足见彼乃雪山众神居住之域。然，神山列列，雪峰入云间，横亘千里，欲与天公比肩，谁可一览众神山之小？仁者见仁，智者见智。终有一伟人出来裁判，毛公云："横空出世，莽昆仑，阅尽人间春色。"高歌而吟，一语定乾坤，让青海境内众神山——阿尼玛卿山、巴颜喀拉山，甚至祁连山皆黯然失色。

我少年投笔从戎，知人民军队坚如磐石，美誉昆仑，故对兀立云天之昆仑景仰久矣，以仗剑昆仑为荣、为豪。三十年间，九越昆仑而过，观苍山如血，披襟岸帻，喜芃野如海，辗转于青藏线上，掠大荒之美。然，仅感昆仑之雄，却不见雪山之媚、之柔、之诗情画意。

其实，以我十六趟西藏之旅，唯我之故里云南梅里雪山最美。其云谲波诡，非有缘有福的转山众生，方可见卡瓦格博之真容，此非妄语也。

我之朋友任少强，乃当年做青藏铁路相关采访时相识，风火山之少帅也，一战成名，盖国之英雄矣。五年前，兰新高铁修建伊始，其率队

23

伍入祁连，筑祁连山世界高铁之最高隧道，全长十六公里有余，最高海拔逾 3600 米。因我青藏铁路之拙作《东方哈达》，将彼及许多英雄记入青史，故多次邀我上祁连游览。

仲夏之时，北京溽暑难当。我随《人民文学》采风团赴天马故乡新疆昭苏，一朝归来，飞抵夏之凉城西宁。由大通、门源入祁连山。斯时，我已入祁连 N 遍，然，大抵在山之阴甘肃一带，感环境酷烈，未觉祁连有多美。此次入山，时值门源油菜花开，暮色之中，入祁连山 1 号、2 号隧道之工地，闻一群铁兵壮士坚守雪山五载，历经碎屑流、大地硬力和水流成河等九九八十一难，终贯通也。盖一群可亲可敬之英雄也！

是日，我为睹山丹军马场及焉支山之景观，从祁连山高隧穿行九公里而过，浏览小平羌沟、大平羌沟之绝地风光。撼当年灭羌之匈奴与大汉军队雄姿，仿佛蹄声未远、未寂。此地乃亚洲最大牧场，遥想当年，匈奴单于与大汉军队逐鹿于焉，青年将领卫青、霍去病剑戟划破蓝天白云，留下道道海棠喋血，最终一将功成，匈奴大败，退出祁连山，撤离焉支山。单于仰天而叹："失我祁连山，使我六畜不蕃息，失我焉支山，使我嫁妇无颜色。"千余年后闻之，悲歌也！

历史已远，白云悠悠。千年军马场马蹄声咽，寂然如斯。唯有满地油菜花呈金色方块，连天灿然。我与知弱、忠竖等醉入花丛，沐浴雪风而舞，翩跹而起，歌兮、蹈兮。

吾等乘铁骑而行，与古战场渐行渐远。穿越山丹军马场，行 70 公里之远，皆因欲一睹焉支山之岸然。抵时，已是午后三时许，仰首而望，觉焉支山禀赋平平，未入。寻一农家乐，匆匆午餐。然后过霍城，与霍去病之雕像擦肩而过，往扁都口入祁连。

彼时，乌云滚滚，山雨欲来，我等人在扁都口换乘等之久矣的警车，再度驶入祁连山之中。踏雾而上，踏暮而归，驰马百余里。经历一路疾风雨雪，美景扑入视野，目不暇接，终入祁连县城。彼城被称为东方瑞士，在入城观景台上看山，芳草萋萋，山脊迤逦连绵，美极，令我仰首嗟叹，仙境也。

知弱，乃《青海湖》自然人文版主编辛茜是也。环青海湖之神山圣水、花鸟鱼虫，皆凝其笔端。见我喟然感叹，彼曰："此祁连县入门之景也。大美青海，天上仙阙之景，非卓尔山莫属，观者无不激动。"我闻之，将信将疑。

黄昏泛起，天裂一罅，夕阳拂照于红土山崖与丛草之间，亦红亦绿。倚窗而眺，宛如玛吉阿米现世，醉也！是夜入一火锅店，涮牦牛肉，小酌数杯，微醺之中步入瑞士街，倚廊桥而浴风月，月晕云浮，如梦如幻，曼妙无边，恍如临宫阙也。

祁连如梦染茜红。是夜，我沉入温柔之乡，如一轻羽，浮浮冉冉，沉沉落落，天马行空般真正领略了山是英雄与冰美人神交之境也。

云润雨飞，谁道祁连不曾入梦来。

八面来景卓尔山

夜宿祁连县城，海拔已逾 3000 米，却不见今夜难眠状，亦未被缺氧憋醒。环顾入城时，周遭山坡，雪松林林，远芳连天涌，油菜花如火如荼，气候温润，此乃人类宜居之地也。

今宵酒醒何处，祁连山中，霜凉月白。冷月仍在天际，人却一枕寒山入梦。入梦吟，吟尽风花雪月。恍然之间，我竟成一匈奴王、氐羌之酋长，携娇娘远游，驰马天边牧场，醉入花海，轻抚野草百花，享尽云上的日子。

醒了，天已大亮，楼下街市一片车马喧。我最关心的乃天气，拉开窗帘一角，极目之处，山壑云涌，天裂一罅，有霞光从云中筛下，拂照红山绿草，甚是壮美。幸哉，不似昨日烟雨祁连。

早餐后，便匆匆驶向卓尔山，此为今日行旅重要一程。昨晚入城时，同车的散文家云，卓尔山为祁连山风光之最，登者莫不激动。我窃以为情感分太重，谁不说家乡美，况乎《青海湖》自然人文版主编。

小车盘旋而上，沿途正建别墅木屋，皆模仿瑞士风情，一如昨晚夜游过的那条瑞士街，茫然环顾，西洋建筑俯仰皆是，显得不伦不类，颇有点拾洋人牙慧之嫌，此乃中国官员兴文化旅游产业不明智之举，遭世人诟病。我亦不以为然。途中，观车窗两边建筑，皆千篇一律，我不禁喟然长叹，祁连山便是祁连山，古已有之，禀赋天成，雪景绝色，何必借"东方瑞士"风情，可从匈奴、氐羌与吐谷浑民族元素遗存中，寻找图腾，打造中国的祁连，令天下景仰之，观者熙来攘往，不绝于道。

卓尔山果如辛茜所言吗？谈笑之间，小车转了两道弯，驶上一个高台，卓尔山旋即掀开神秘盖头，露出仙境一角。我从车窗远眺，目被景牵，神情为之一振。一片台地之上，旷野无风，油菜花正盛，连天为金黄方块，直抵另一个高台，与沟壑山脊之间红砂岩点缀的小草相映成辉。晨曦初现，一层雾霭犹如轻纱，浮浮冉冉，阳光从天河中漏下，浸染其上，斯时一道道山脊，酷似一群仙女胴体，横亘于山间，坦诚无遗，沐天河而舞。此序曲，便使我惊诧了。

车往东行，缓缓而上。东边一隅，一条偌大的沟谷平缓远去，黄花直抵天边，山岭曲线皆凸凹有致。从云间透下来光束，一道道、一簇簇、一片片、一块块，追光灯似的从油菜花地上掠过。明暗相间，苍山相映，白云相吻，晨雾缠绵，不离、不散、不舍。远处村落，偶有几声鸡鸣犬吠，疑误入桃花源也。

桃源梦境不绝于眼。车子向东往北，车窗东侧，又是一景，近处，塔松高耸，中间，则是红绿相间的山坡，再往上则雪线褪尽，高山之巅遭冰雪蹂躏至今，亿万斯年，玉肌香销，唯剩下瘦骨嶙峋之山峰，几片旗云飘绕其上，似匈奴王、吐谷浑王之招魂经幡，迎风飘动。

上至停车场，跨出车门，憬然四顾，东北之隅又是一处绝域风景，令我驻足停留，径直往停车场北缘走去，伫立而望，恍如临宫阙天台。投目远处，一片红砂岩山脊迤逦而上，芳草连缀成片。而河谷中间，竟然一条公路横亘山间，村舍、城郭、小河、红土路散落人间。俯首之间，缩小则为一幅山水画卷，放大则是一座天上宫阙，不知何年何月，坠落人间。

"走吧，自有好景还在后头。"辛茜主编见我被景迷，狂拍一番，丽人之色又添几分怡然。问我："徐君逛遍神州，见过如此绝美之景乎?"我曰："未见，借句大俗之语——祁连风光甲天下，卓尔归来不看山。"辛茜笑道："真俗了，不配此仙境，离开祁连山，须留下一句精妙之语。"

入大门，登旅游车逶迤山间，回眸四野，苍穹之下，正东、东南、东北一隅，皆可称一步一风光，一台一山水，一山一画意。

车抵卓尔山高台，一步跃下，我便被正南方风光所惑，一条大沟壑，纵深十数里远，油菜花漫漶无涯，黄色条块切割村舍、山峦、塔松林，小河点缀其间，其景别纵深直达远山，墨云远村，阳光裂云，连成天边地平线之景。

向西眺望，祁连县主峰巍然于前，半山坡上，一座经塔兀立于西侧，风铎点点，风马旗迎风飘荡。而极目处，则苍山青黛，岚烟袅袅，一条巨大旗云横绕于山间，犹如匈奴王的旌旗飘飘，那融尽积雪之峰巅，犹如一位匈奴大将军，怒目金刚，昂着高傲的头颅，在风中怒吼。大呼：失我祁连山，使我六畜不蕃息，失我焉支山，使我嫁妇无颜色。

风中，仿佛匈奴民族仍在低吟，我信步于经塔前，转塔三圈，敬上虔诚一片。此刻塔与苍山融为一体，留下白塔之影。再俯瞰西北角之河谷，乃祁连县城星罗棋布，四周绝地风景环绕，从高处俯拍，又是风光名片，非瑞士小城可媲美也。

我转身向东，升至一高处，西北望，城郭连接之尽头，堪称一幅巨幅油画。红砂岩的山峦列列，如一支大汉帝国的军阵，龙旗猎猎，御天马而行，每个猛士之身，皆红袍裹身，黑色战盔于颈上，驾长车踏破祁连山阙，白马御风，其宏阔之势，气吞祁连。我从前边半坡塔松之间，按下一次次快门，被一帧帧史诗般画卷震撼。

时至晌午了，须行四百公里，晚上宿天峻，还有一片片天上草原在前方，欲抽身离去，却不舍于止步。我流连忘返之时，辛茜问我："祁连印象之主题词想好否？"

我答："八面来景卓尔山。"

斯为记。

断崖千尺，花海有边

在卓尔山沉醉多时，不知不觉，时已至晌午，该与八面来景之地说再见了。下一个行程乃天峻县，系青藏高原东缘，祁连之南也，有四百多公里车程。依依不舍，三步两徘徊，壮哉，卓尔山，果然于最美时节，向我辈祖露无余，一展天上宫阙、人间仙境之大美也。

匆匆离去，我以为，天下熙熙攘攘，凡观者，皆过客也。钟情山水之人，固有养浩浩之气之志。然，山河岿然，亘古永在，唯浮生如梦。短暂之旅，面向祁连，春暖花开，亦仅一游人耳。所谓仁者乐山，智者乐水，或情调，或境界，或浪漫，或虚空，或怆然也。我行走祁连，醉入山水之间，又有知弱相伴，观山玩水，抚花吟草，至情至性处，更有当年范公落日楼头，断鸿声声，临洞庭，披襟岸帻，清风梳裹，宠辱皆忘之境界，不仅仅寻风月、风情、风雅也。祁连入梦来，虽未见瑞士风韵，却亦步步为景，四面春色，处处皆佳丽也，令我流连忘返。今将离去，疑又恍然似梦。吟一曲如梦令吧，其实此时吟诗作赋，皆显得多余。卓尔山才是真正的吟者，一如其名，卓尔不凡也，高古万世，任何浅显矫情文字于焉，皆黯然失色。

归去来兮，胡不归？下一段行程乃天峻之旅，其路漫漫，有两条道可至，一条沿山脊，翻祁连山而行，须绕道，多出七八十公里。另一条溯河谷而上，可直驱天峻县城。陪我者小弟忠竖也，系四川大学新闻系高才生，刚入行不久，乖巧且善解人意，每行一处，众人皆喜欢。彼时，其刚打开谷歌地图导航，锁定行车路线，走河谷之路，由电子地图导引。车上四人，包括驾车者老公安王处、我及散文家辛茜，无一人质疑其电子地图导航之正误。

两条道路皆通天峻。辛茜云："天峻牧场，堪称天上草原，绝地风光，风景绝伦。"我额手称道，入仙境也。通往天峻河谷之途，实乃青海省314省道，堪称祁连山中一条最壮美之景观大道。大地赋格，无处不飞花，何处不诗情。时时换景，风光扑来，满眼皆春色。公路依野牛沟而行，青山空茫，云雾缠绕，郁郁葱葱，流云、雨幕，阳光于云罅之中投下，斑斑驳驳，道道点点，雨雾漫漶浸染，与裸露其间之红岩相互点缀，犹如划于玉人美躯上之金色之痕。我惊呼："比之卓尔之八面风景，盖此地更一片镜花缘之美矣。"其风光旖旎，大气宏阔，亦柔亦刚，令人有恍入天上人间之梦也。我等不时叫王处停车，拍影留念。

人在旅途，前方乃一方陌生之域，不知归处。"前方灶头，有我的黄铜茶炊。"遥想青海诗人昌耀当年困囚祁连，行走此地，吟出天籁般诗句。我与老昌耀的忘年之交辛茜谈及一代西部诗王，逸事历历，青山依旧，诗人已逝，冥冥之中，仿佛有天示神谕。

风过耳，江阔云低。再往前行，天色黯淡下来，阴风四起。然公路两边，则一片又一片野花浮现于前，崛起为高台，红紫蓝为主色调，青橙黄白点缀其间。雪风掠过，野花随风而舞，奔涌成潮，连绵为海，给人有误入香巴拉之幻觉也。我连连惊呼："停车，停车！"

伫立于道旁,见花海被铁丝围住,此乃牧民防别人家牦牛相侵也。我被花迷,不醉入花海,枉然此行也。故踩低铁丝,幸无铁蒺藜,也未缀铁倒刺,人皆可跨入。我便唤辛茜主编,入花海,踏花魂凌步,狂拍一番。芳草萋萋,娇娘丽影,时而化蝶,时而鹤舞,时而鸥掠,时而凤翥,犹如凰鸣凤逐,琴瑟之和也。我从相机视窗远眺,眼前远芳连天,岸边江流有声,远处则冷山如髻,空山旗云,犹如哈达天纵,天际间相缠无尽也。烟雨青山,花海无边,画意诗情兼具也,高台之上,犹一簇曼陀罗于焉。我曰:"朝观花,夕可得道成仙也。"

未入野牛沟,已观天上绝景,幸哉。怡然之际,至一公路岔道,左拐,道旁立一警示牌。前方修路,此路不通。右拐,则入甘肃之西,相差千里也。唯有从左边入野牛沟,可通天峻县。此唯一之途也。战战兢兢,雨后崖上土松,偶有落石而下,顿时神经紧绷。途中偶遇对头车,停车问道,通天峻也。

然,寂然道上,又行六十公里。过一藏乡大浪村,雨正大,从村中大道穿过,阒寂无人。盘旋上山,又行四公里,下至野牛沟河谷,见水泥桥墩已被激流冲断。断崖千仞,江流有声,湍流东去,望河水陡涨,滚雪滔滔,车楫不可过也。斯时,我等行车已经三百八十公里也,望天峻而不可逾也,唯有北回。夜宿西宁,仍有四百多公里行程。

沿途折返,铁马识途,从河边上至山顶,雨住,见一拾草菇之牧女。云:"桥塌路毁已半月也。"

悻悻然而归,沿途赏景。断崖千尺,花海有边,虽日行八百公里,而醉入一花海,又与知弱同归,幸也!

最后一班绿皮列车

我入嘉峪关,已有 N 次。或与文友踏歌而行,或随师长一路向西,或携妻女朝圣敦煌，必经雄关，观长城万里，砺带山河，不计其数也，顿觉此地再无吸我眼球之景观。

忽一日，青海女诗人肖黛大姐来电，欲组织两岸作家来一次"嘉峪关行"，邀我参加。我云："踏遍雄关无去处，免矣。"黛姐道："须荐一人，与彼一样量级。"我脱口而出："秀海哥也。"黛姐问："秀海何人？"我答："重量级作家，《乔家大院》的作者。"黛姐道："可。"我遂给秀海兄去电，正巧，彼从未涉足西部。我轻击书案，此行非君莫属也。然，秀海兄却道："除非与君同行，否则概不揽此事。"我无奈，恭敬不如从命，况行程中有离城市最近之"七一冰川"，亦不枉此行也。

七月在望，飞抵嘉峪关，下榻于绿洲之中的南湖大厦，数步之地有新凿人工湖，碧波如黛，水天一色，柳暗花明，小桥流水，令我惊叹瀚海之中竟有江南之韵。伫立窗前远眺，祁连雪峰触手可及，壮志拿云，我惊呼："此雪景房也，如临仙境，堪比阿尔卑斯山。盖中国城市中不可多得之观景。"然，翻阅接待手册，竟无"七一冰川"行程，我怏怏不乐，问何故。接待方曰，"七一冰川"乃高海拔地带，恐两岸作家登攀出危险，市长办公会遂决定不列入此行中。我怅然，行西藏三十载有余，十五度上青藏高原，登雪山无数，且多在五千米以上，彼祁连冰川，与雪域神山相比，小兄弟也，当不在话下。肖姐善解人意，经多方协调，接待方破例，让我由一位导游相陪，坐酒泉钢铁驶往镜铁山矿的绿皮列车进山。我闻之，兴奋不已，称浪漫之旅也。欣闻中国铁路总公司宣布，至七月，绿皮列车全部停驶，此乃唯一列驶往天堂之绿皮列车也。

翌日清晨，我与导游小张、广东文学院院长熊育群一行三人，驱车驶往小火车站。斯时，站前一小空地，站有二十余人，一问，皆登冰川之人，旅者寥寥。我不解，遂问领队。答曰："夏日最盛时也不过百余人。"我拍手称庆，幸哉，幸哉，寂寞亦好，养在深山人未识，未必坏事。此可谋划高端旅游，提高费用，限制游人，少了旅客之践踏和惊扰，何尝不是冰川之幸。领队听之，先愕然，继而肃然。

晨风徐来，颇有些寒凉，约莫等半个时辰，小站上蓦然涌来一批蓝领，男女皆有，数百人之多，此乃入镜铁山矿区上班之工人也。一下涌入小站候车室，堵个水泄不通。

绿皮列车姗姗来迟。八时将至，终于检票进站，我一看票价，惊诧不已，九十多公里行程，居然才四元车费，可为中国最便宜之票价。旅客皆上二号车厢，二十余人坐一节车厢，可一人一长椅，卧于其上小憩。十数载未坐绿皮列车，置身其中，浮想联翩，顿觉浪漫之极也，想来行途之中，更有一番诗情画意。

梦断祁连。我半倚于长椅上，绿皮列车缓缓启动，车速颇慢，铿锵之声，摇得人似睡非睡，似梦非梦，恍惚之间，一条西域驿道在我之视野中凸现，熙来攘往，风尘四起，马蹄声咽。张骞、班固牵驼出塞，李广、李陵兵陷大漠，卫青、霍去病马踏酒泉，法显、玄奘家国万里，广漠雄关，乡井何处，湮没多少历史气息。犹若驻足雪山之巅，极目山河，顿觉天下小了，胸襟大焉。一梦方醒，车至祁连河谷之中，高山峻峻，白雪皑皑，壑谷纵横，寸草不生，绝壁入云间，危岩兀立，犹如虎踞狮卧，险境也。车行其中，恐有一声鸣笛，便是危石如雨落下，令人有匆匆逃离之惧。

车行约一个半小时，终抵铁轨之断头处——镜铁山火车站。下至站台，茫然四顾，四处皆矿山也。车上之矿工潮水般退却，骤然四散，空留一小火车站，冷冷清清，而"七一冰川"仍在三十公里之外，静候我辈。我等换乘中巴，向最后仙境驶去。

山是英雄冰美人

"七一冰川"隐于何处？我登上一辆中巴，往祁连山腹地盘曲而上，去亲近冰川。我身有幸，已亲近过青藏秘境之卡诺拉、珠峰、昆仑山、玉龙雪山和贡嘎雪山等诸多冰川。唯嘉峪关"七一冰川"距城市最近，仅一百三十公里。原以为会游人如织，观景大道上熙来攘往，然，不过二十名全国各地来之散客，冷清也。

领队每日上山，十几年之间一日不缺，属山神也。称"七一冰川"发现于20世纪的1958年7月1日，五十六载也。随即，又大肆渲染冰川海拔之高，空气稀薄、高寒缺氧，推荐一氧立得，称关键时吸几口，可救命，一筒卖六十元。我窃笑，用处不大，居然有人竞相订购。属领队捞钱也，我又不便说破，弄个尴尬。

车至山中，徐徐而行。海拔渐次升高，镜铁山矿区约为2900米，与青海格尔木相近。越往上行，中巴车愈显动力不足，负载滞力，初缺氧疲惫之状也。三十多公里路程，居然行驶一个多小时，近牛车也，行至一岔道处，领队云，翻过那道山脊，便是青海省之祁连、门源两县，素有瑞士仙境之誉。我暗暗称奇，与我下站计划行程，仅一山之隔。

山重水复，树木越来越少。芜野之地，有一标志，即无树处则为生命禁区，海拔已逾4000米，雪线渐露，高原地貌次第浮现。寒山雪原，祥云牦牛，风吹草低见牛羊。河滩尽头，芳草萋萋，不时有塔鼠出没，在草地上一跳一跃一驻足，引游者惊呼，此地亦有高原风情。将至晌午，终抵游客中心，皆一板房围成的小四合院也。游者或购氧立得，或买方便面泡水吃，或吃自己所带干粮。我不觉饿，想登顶之后再补充食物，以免爬山受身体之赘。

约莫半小时后，中巴继续上行。一刻钟便抵公路断头处。雪山迎客行，想冰川就在不远之处。

下车之始，前边山脊横亘数百级水泥台阶。嘉峪关宣传部一陈姓副部长曰，他每年来爬一次冰川，借以检验身体是否强壮。至冰川上，竟解衣宽带，裸身与冰川亲密接触，然后拍一照片存念，年年如斯。我惊呼大浪漫也。然上山之前，他曾屡劝我别去冰川，称须步行十公里，步步上升，恐我坚持不下来。我时以登雍则绿措圣湖为傲，远涉五座大雪山，海拔皆5000米之上，并爬倒过两位老西藏友人，显然不将此冰川放眼下。果然第一台地登攀时，我便在第一梯队，至石阶高处，已将与我一起来之导游小张、同仁育群皆抛至身后，在我之前，仅为一少女一少男及男孩之父亲。

登高望远，雪山巍峨。进入第二台地，乃沼泽也，此时太阳仍照其上，路上干燥，唯两侧草场芳草萋萋。我与两少男少女竞走，或他们于前，或他们落后，熟了便搭讪。两花季男女，皆上海学子也。

谈笑之间，我因为拍照，屡落花季少年之后，斯时，育群跟进也。我问导游呢，答曰："在后边。"带干粮否？育群摇头，仅带水也。我云："没干粮可食也。"只好饿肚子。育群答："有俩飞机上发的小面包也，吃吗？"我云："留到最困难之时吧。"

以后，两少年与我或前或后，交叉比赛，我从未气喘吁吁。不知不觉间已至第三台地，是时，将至一高处，山高坡陡，乱石犬牙交错。登山已一小时有余，前方最后一座高山横亘于前。天空黯然，冷风嗖嗖，冰雹袭来。我此时突然发力，将少男少女和育群皆抛身后，向冰川踽踽独行。在偶然喉咙拉风箱之中终于登顶，看冰舌长长，犹如一冰美人横卧英雄大山之怀抱。

山是英雄冰美人。我非英雄，乃一奔五过后之老汉也，因心情浪漫，故登祁连山麓，一睹冰美人之容颜也。

踏歌而归，虽未在"七一冰川"上拍照片，却已经最大限度亲晤冰川。幸哉！人生莫过如此，仁者崇山、敬山、畏山，敢于挑战自我极限，纳冰川气象，吸山河英华，方有春风大雅之胸襟也。

枣　树　记

　　我对枣树寓意的理解，缘于小舅的婚礼。那天，母亲塞给我三角钱，交代道："去供销合作社买半斤红枣。"我将三角钱攥在掌心，狂奔如小马驹，嘚嘚的脚步声回响在老街的石板路上。古镇为驿站，一至五甲一条街，从外婆家五甲，跑到三甲火巷张家门铺，一华里，我站在高高的铺柜前，怯生生地说："半斤红枣。"店主一只眼睛坏了，眨着云翳，翻了翻白眼，从玻璃瓶里抓红枣装进牛皮纸袋，称好，递给我。我双手抱着半斤红枣往小舅家跑去，枣香溢满古街。气喘吁吁地交给母亲，只见母亲将红枣拿了出来，装进将封口的红被子，剩余撒在婚床褥子上，喃喃念道："早（枣）生贵子！"满脸悦色。

　　这是我第一次知道大枣还有如此美好的祝祷。那弥散在故乡老街的枣香，使我像迷了魂一样，对红枣树有一种天然的敏感与亲近。

　　那个夏日晌午，车入稷山县万亩唐枣树林，那掩埋了半个世纪的枣香记忆，突然被激活、唤醒了。

　　喊枣魂者归来。一园汉枣树、魏晋枣树，最多的是唐枣树。放眼望去，树干黢黑，布满皱纹，树心炸裂，被雷劈火烧过后，仍青枝绿叶，青枣缀满枝头，硕果累累。每一株犹如天阙玉树，古树盘根，遮天蔽日，一片阴凉。不由得惊叹一声，好大一园古枣林。

　　古枣树遮天蔽日，蔚然大观。我的思绪转至从前，少时读大先生《秋夜》，开篇就是经典妙语："在我的后园，可以看见墙外有两株树，一株是枣树，还有一株也是枣树。"后来我长大了，屡去山阴，入百草园，周家后花园里，不见两棵枣树的踪影。大先生秋夜所见枣树，应该在北平城里。那两株枣树，本不属于南方。

在我的老家云南，也鲜见枣树。很多年后，我在河南灵宝、甘肃酒泉，见过不少野枣树，多为荆棘丛，并不像山西稷山县这一片古枣树林，老树枯枝生新芽，盘虬野地，天火闪电击过后，躯干枯槁，寒霜侵身，雪野覆盖，却活到了今日，千年不死。

想想我家永定河边的柴门前，邻居家院落里也种了一株枣树，将近十年了，仅小碗口粗。邻家数年未住人，无人打理，靠天雨而活。枝头照样结满了枣，秋天红成半树，金风一吹，坠落一地，拾起来，咬着香甜嘎巴脆。去年春夏之季雨少，见叶子发黄，我以为会干涸而死，谁知一场春雨袭来，葳蕤如昨。

千载如斯，稷山的千年唐枣树祖，也是这番活法吗？下车，近枣树祖情亦怯，我们向一株株古枣树走去，溯岁月田埂而上。

甘棠井惊现于前，身着汉服、唐装的枣农载歌载舞。"合、四、乙、尺、工"，鼓、镲、锣、号奏响，胡琴裂帛。我未赶过去凑热闹，踏着时光的鼓点，走近唐枣、晋树，红枣树祖兀立旷野，汾黄之间，连林成海。最早的已有一千八百年，有的要两三个人伸手相围才能环抱。这是一株怎样的古枣树哇！接汉风唐月，宋雨元霜，让人走近时，只想拥抱，只想依偎，只想谛听它的历史心跳。很多株古枣树心枯如井，只余下薄薄一层皮，真让人担心，倚在树干上，会不会轰然倒下。刹那间，心生敬畏和感动。从枝丫缝隙望穹隆，仰天长叹，生命何其短，摩挲、歌吟过这园老枣树的文人墨客早化为泥土。千年过去，树心已被天火烧焦，树干被剑戟斩断，可叶脉还在流淌，板枣缀满枝头一树连一树，一园接一园，在春阳、夏雨、秋风中，笑着，花摇枝颤。

摩挲着那一株株老枣树祖的皮肤，我的手陡生粗糙感，这种锉痛由皮肤传入神经，直抵心脉。无边的痛后，却是血一般的奔突，红枣酱色如血、如火，是炼狱过后的浴火重生啊。一颗、两颗、三颗、四颗板枣，水煎，煮沸，枣香四溢，水雾冉冉，万千中药的苦，皆伴枣性而聚变、而新生。那是痛楚过后的沸腾。谁会想到，一枚枚河东板枣，竟然还是救命之丹。

十年前，至亲遽然染疾，幸有名医悬壶济世，妙手回春。治疗后，处于恢复期，亦无药可开。医嘱说，只需调理即可，到中医院开几剂中药吧。后用了一个妙方：虫草两根，西洋参十数片，宁夏枸杞一把，稷山板枣四枚，兑水三四百毫升，陶锅里煮两个小时，趁热喝下，再将所有药渣嚼服。日复一日，月复一月，一喝就是三载，抵抗力大增，恶疾已远。那一刻，我对红枣，对河东板枣，有了一种膜拜感，它的功力远远超出早生贵子的民间祝福，更兼发百草之七味，和烈药之副症，抑毒药之暴戾。三四枚板枣一放下去，各种烈药、苦药、补药、泻药都中和了，成一服济民良药。毒性去，烈性减，苦口淡，其要谛正在于一粒粒红枣的吸纳、添减、平衡、调剂与温补之功。

发现板枣有药补之效的郎中，远及汉代。首推南阳张仲景，但影响最大的是神医华佗。相传曹操患头风病，寒风一吹就发作，心乱目眩。华佗巡诊，望闻问切后，知道实乃心病——既生瑜，何生亮，既有卧龙岗，何必铜雀台呀。遂为曹公针灸，瞬间脑清目明。曹公高兴，欲重赏华佗。华大夫摇头，说针灸之疗，只管一时，不管一世。安邑御枣和烈药，可除丞相脑疾。

华佗为曹操配药，稷山板枣用得最多。采摘于河东御枣园，运至洛阳城，驿程几百里。后来，称帝后的曹丕下诏，问群臣："南方有龙眼、荔枝，宁比西国葡萄、石蜜乎？酢且不如中国，凡枣味莫若安邑御枣也。"曹丕不仅是文学大师，也是美食家。南方有嘉木，驿马驮来的龙眼、荔枝都吃过了，可他觉得不如西域来的葡萄和石榴好吃，味道发酸，甚至不如中原普通小枣，更不论河东安邑御枣呢！

稷山县属河东郡，板枣又称河东枣，汉代就是贡枣，亦叫安邑御枣。太史公云："安邑千树枣，燕、秦千树栗，蜀、汉、江陵千树橘。"司马迁故里就在河东龙门，河东一脉，离稷山枣园只有几十里，他壮游天下前，当来过稷山板枣园，才会将稷山板枣与燕、秦栗子，蜀、汉橘子相提并论吧。板枣与栗、橘一样，早就列为华夏古国的珍品佳肴。江山留胜迹，一枣泽万代，谁可堪比？民！

皇天后土必育御枣。那天踏进河东地界，先祭后土。登秋风楼，望黄汾交汇处，大河如镜，清浊分明，遥想汉武帝吟《秋风辞》。那是公元前113年秋天的事，刘彻率群臣巡游，至河东郡汾阳县，祭祀后土，摆放的贡果是板枣。皇天后土苍生命，有粮不慌，有枣更带来吉祥。时，秋风萧瑟，鸿雁南归，登上楼船，泛舟黄河、汾河并流水域。帝宴中流，逝水如斯。文功武略、求仙封禅的汉武帝终于被秋风吹醒了，天下哪有长生不老之药，御酒喝罢，遂吟《秋风辞》：

秋风起兮白云飞，
草木黄落兮雁南归。
兰有秀兮菊有芳，
怀佳人兮不能忘。
泛楼船兮济汾河，
横中流兮扬素波。
箫鼓鸣兮发棹歌，
欢乐极兮哀情多。
少壮几时兮奈老何！

碑文为唐人书丹，行书，是二王书风，魏晋风骨，颇与汉武大帝的心境契合。不知那年司马迁随行否？彼时，离太史公辞世仅差两年。《史记》未收此辞，还好，班固《汉书》为汉家天子歌吟留痕。天上大雁飞过，秋风吹过，百草霜衰，美人无颜色，唯黄河黄花遍地香。

青春几何？人生岂能不老。汉武帝未曾想到，江山、宫阙、扶栏、楼船，雕栏玉砌，都经不起兵燹与宫乱。一阵秋风起，唯有远处的古板枣树见证了时间、岁月、王朝，千年过尽，依旧生机勃勃，生儿育女，硕果不绝，历时千载，仍将衰老和死亡拦在枣园之外。

神树哇！从秋风辞碑前移步楼顶，远眺黄河与汾河汇合处，水开天境。自盘古开天，三皇五帝，最初祭祀的是"社"，"社"就是土地之神，后称地母。商代以后，祭"社"又加上一个"稷"的仪式。"稷"就是谷神，周代的始祖弃，封地就在距后土祠不远的稷山县，皆属河东郡。后稷种谷成神，粮安中华万世。而传说稷妻则嫁接了千年仍在结枣的板枣树。五谷之根，家化万物，有稻、有麦、有黍、有菽，亦有千年枣树。江山社稷百姓安，有粮则命安，有枣则福来。

梦断大河水不尽，何处枣生三晋地。我往热闹处走，甘棠井亭前，观枣农们穿汉服唐装，老翁、老妪摇轱辘，耕夫和歌。我倚在树前照相，仿佛是依偎在老祖母的怀里。东风掠过，一阵清凉，一股枣香，是老奶奶树祖之味，是摇篮之中母亲的奶香、枣香。

千年枣树活着，活在大河之滨。母亲河，枣祖树，老且弥坚，仿佛在诉说华夏子孙不断繁衍，万家兴旺，江山永固。一河血脉，与千万株枣树相连。秋风起兮明月夜，文心如初，元气依然。

莫道枣树老，一枣一树皆成林。

那一双深情的慈航之眸

今年古镇上的年，过得有点清冷，除夕的鞭炮不像去岁，燃放得那么久，一家连一家的，震得那般欢。楼顶上的烟花也稀落了，鲜见夜空的炫目。

最尴尬的事，是开年夜饭前，按惯例，要给天地国亲师神位烧香、敬食的，过去一律由老母亲操办，可今年春节，妈妈不在了，轮到了妻子，她却忘了婆婆教过的奉词祈语。我连忙让四弟媳妇救场，也是心慌手乱，连皂角也未燃尽。好在，我最终点燃两炷高香，算是给列祖列宗一个交代。初六，一家人陪着老父亲远涉鸡足山，沿着仍留有母亲气息的佛境走了一圈。归来时，该收假返京了。航班订在傍晚，送机的小车停在小巷岔口。我和妻子、女儿出门，拖着行李箱走至车前，司机装好了行李。我站在车门前，迟迟未上车，蓦然回望，老家门前空空如也，老父亲被小弟接去安度晚年，再也见不到母亲与父亲并肩，伫立于老屋的石阶上，目送我们远行京畿。那深情、慈航的家母一瞥，消失于小巷深处，也飘逝在云天之上。我的周遭，遽然被一股孤独、飘零感所钳制，心起飓风，情感的大坝溃堤了，泪水溢出眼帘。我掩泪钻进车子，按下车窗玻璃，任故乡的晚风恣意吹拂。妻子问道，老徐，你的眼睛为何红了，我说是高原的风吹的……

　　第一次感觉到母亲的牵挂之眸，是当兵那年。十年浩劫将近末季，我刚高中毕业，前途一片黯然。恰好，导弹部队来镇上接兵，招的是特种兵，开出的政治条件极为严苛，查遍祖宗三代。五百多农家子弟前去报名，哗啦啦地刷下一片，只录三十二人。接兵排长王爱东一眼便看中了我，有意带我去连队做一个小文书。然，大队书记与大舅打过架，结过梁子，死活不让我走，百般阻挠，天时地利人却不和。第一次在公社验兵，医生说我心脏有二级杂音，勉强过关，轮到去区上验兵时，母亲好担忧，不知从哪里换来两枚鸡蛋，一大清早，就煮了一碗红糖水鸡蛋，非要我吃。我知道小脚奶奶在世时，常发头疾，只有红糖煮鸡蛋可解，唯有奶奶有此口福。当时家徒四壁，五个孩子加上奶奶，全靠父母挣工分度日，辛苦一年，年终生产队分红，不仅分文无收，还倒欠队里三百多元，生活过得拮据。一过了年，家里的米柜就见底了。等到小春麦收，还有百余天，母亲带着我推着小板车，到山里人家去赊苞谷，到了秋收，再加倍还大米。当时，一碗糖水鸡蛋，简直就是山珍海味，稀罕得很。母亲从来舍不得吃，省给奶奶，我更不敢动筷子。母亲说："吃吧，吃下去，心就不会乱蹦啦，验上了兵，到部队上，去吃一顿饱饭吧。"我推给母亲，母亲又推至我跟前，说："傻孩子，吃吧，红糖水煮荷包蛋，红红火火，圆圆满满，这碗里有你的前途哇。"我点了头，噙泪吃了下去。果然到了区上，母亲的话灵验了，心脏杂音消失了，却又查出鼻膜炎。眼看当兵就要泡汤了，可接兵排长王爱东很仗义，堪称我人生的第一位贵人，硬是据理力争，非带我走不可。最终，应征通知书下来了，那天，他特意从附近炮兵团同乡战友那里要来一袋白面，父亲向别人借钱，从食品站称来一斤五花肉，为我家包了一顿饺子，以示庆贺。这本是老徐家最高兴的一天，可自那一天起，母亲竟卧床不起，默默流泪。儿行千里母担忧，从感情深处，她舍不得我走，毕竟当时我年仅十五岁半，要行远路，去独闯一个世界，为娘的岂能不忧哇。告别日子临近了，我一直躲闪着，不敢直视母亲那双深情且慈祥的泪眼，只是欢天喜地与同学告别。那天下午，新兵集合了。全家人前去送我，从家到镇上的路并不远，数百米之距，可母亲走一路哭一路。我背着背包走在前边，爬上大卡车后，仍背对家人，不敢回望一眼，喉咙几度哽噎，我知道，只要与母亲眼睛一对视，我就会哇的一声哭出来。终于，开车了，家乡和母亲于彩云深处渐行渐远，可是我始终觉得，这一生前行的路上，有一双慈航牵挂的眼睛在目送着我。

那个年头，当兵的津贴费一月仅有六元。除花一元钱买当月用的邮票、信封和信笺外，我几乎不多花一分钱。入伍第十个月，我攒够了五十元，便一笔寄给了母亲。她从邮递员手里接过汇票，人家告诉她是五十元。她的手颤抖了。在当年，这笔钱于母亲，简直是个天文数字。她攥得紧紧的，边看边哭，边哭边看，去古镇西头邮局取钱。街坊邻居说："黄继仙，你有钱花了，笑都笑不过来，你还哭什么呢。"母亲摇头道："我心疼我这大儿子呀，一个月才六块钱，十个月寄来五十元，这钱是咋个节省下来的。时隔许多年后，当舅母将母亲取钱这一幕讲给我听时，我也不禁嘘唏。那年月，我年过花季，本可用稚嫩的肩膀，帮父母分担一点家庭的窘境，却拍拍翅膀远走高飞了，将一个贫寒之家和两张嗷嗷待哺之口，扔给了父母和十三岁的三弟，真有点自私之嫌。

十九岁那年，我提干任团政治处书记，拿当下少尉排长的钱，一个月工资五十四块五，可贴补家用。第一年探家，我穿着四个兜的军官服回来时，母亲那双淤积了太多苦难的眼睛，突然现出一抹粲然，但稍纵即逝。她呢喃道："老徐家祖坟上冒青烟了，你为你爹正名了。可惜，最疼你的小脚奶看不到这一切了，但是她的预言成真，孙子不负厚爱呀。"

　　我默然地点了点头。现在回想起来，母亲自进入徐门，这一辈子过得极其不易，仿佛有魔咒缠身，担惊受怕了一辈子，历经了三场劫难。年轻时为夫，壮年时为子，暮年……，每一场都是摧毁式的，可她以女性的柔弱之膀，撑起了一片天，定盘了一个家，以至每一回都劫后余生，否极泰来。第一场是年轻时，母亲初嫁入徐家，十六岁参加革命的父亲时为供销社主任，每月四五十元的工资，还有商校毕业叔叔的帮衬，日子过得挺滋润。可后来遇上荒年，父亲听信一个下属出的馊主意，为让他自己的老母和孩子们不至饿死，挪了百十元钱，结果很惨，一撸到底，失业回家，人生重又退回了原点。繁重的体力劳动，还有别样的目光，令他性格变得很暴戾，三十二岁学会抽烟，一天吸两包，以消弭苦闷。母亲却从未埋怨过半句，仍以女性的忍让和宽慰，默默承受一切，帮助父亲走出劫数。第二场劫难却是为我，彼时，我少年得志，二十六岁当上二炮党委秘书，居万人之上，一人之下，领导青睐，春风得意，前程似锦。三十岁那年，那个春夏之交，我因一时疏忽，少收一份纸制的文件，竟被另一秘书露了出去，贴得满街皆是。结果，多人受累。劫尽余波，那年回老家过年，看到百日未见的母亲，仿佛一场大病未愈，她解开头帕，褪下黑色的金绒头箍，说："眉眉（昆明孩子称呼）呀，这一百天来，我每天晚上都白睁白眼的，数着星星到天亮，头发全白了。"那一刻，我懊悔万分，恨不得寻一个地缝钻下去。

　　这一辈子，母亲对我要求最为严苛。小时候去舅家，外婆和舅母给东西，她不松口，我根本不敢接。长成之时，四个儿子，三弟、四弟和五弟，在她面前耍横，她一点儿也不计较，笑笑就过去了，甚至会赛着与他们嚷，跟他们吼。可我则不行，哪怕语气稍重一点，她也受不了。愤愤道："你是喝墨水的，不是喝粪水长大的。"从那场劫难后，凡我探亲回京，临别时，她都会像祥林嫂一样交代，千叮咛万嘱托，给公家做事情，要小心，千万要细心哪。年轻时粗疏的后遗症，令母亲一生也未走出此阴影。

然，母亲心性的宽厚与大方，却与生俱来，有时令我们晚辈都觉得不可思议。每年探亲回家，她都要叮嘱我包一顿饺子，不仅因为她喜爱吃，还有街坊邻居。于是，我和妻子、女儿从中午就开始准备，毕竟是一大家人哪，得买好几公斤猪肉，撕开从北京带回的富强粉从下午二时便开始忙活，剁肉、揉面、拌馅、擀皮、包饺子，忙了四五个小时，包了好几大簸箕。到了傍晚，我们还在包着，弟媳开始下锅了，一锅一锅地煮，母亲就一碗一碗地往外端。房前屋后，左邻右舍，一家一家地送，前街后街，亲戚朋友，一盘一盘地端，以至落得最后，她也吃不上几个饺子，而我和妻子、女儿则最终没有的吃。还不能埋怨她，她正高兴呢。向舅妈提及此事，她哑然一笑，说你妈从小就手散，穷大方。小时候，与邻居小孩子一起玩，晚上饿了，她将家里炕好的麦粑粑端出来给大家分着吃，这是一家人的晚饭哪，大人回家，少不了挨一顿暴打，可她却一生不改。有一回，一位外地妇人到老街卖香，与母亲素昧平生，只因不时向人家买香，便熟稔起来，就领那妇女到家里，吃、住全包。儿媳们不解，说你买香付钱，为何无缘无故让人住到家里。母亲淡然笑道，她卖给我的香，每把便宜五角钱哪，以搪塞儿媳。媳妇们不好驳她，却窃窃私语，婆婆真傻，你才买几把香，吃和住要花多少？后来，她悄悄对我说，这女人可怜哪，做的是小本生意，节约一点儿是一点儿，能帮一点儿是一点儿。我以前带一窝孩子，受罪太多，如今日子好啦，不能忘了过去。

母亲虽为大头百姓，其实是蛮有性格的，坊间大妈的羡慕妒忌恨，她亦兼而有之。十年前，妻子回家，将她和父亲改革开放之初盖的木结构的土坯房拆了，建了一幢五层楼的乡间别墅，落地大玻璃窗，双子星结构，在古镇独具一格。那年春节回家暖灶，我请亲戚朋友吃饭，她将我拉于一边，严厉问道："你一个公家人，就那点工资，哪来的钱起高楼？"我笑了，很严肃地回答她："老妈请放心，这幢楼的每块砖，每片瓦，每块地板砖，都是我自己二十年专业写作，一字一砖一瓦敲出来的。"听毕，她才舒心地笑了。

21世纪初年，母亲患上贫血症。大病初愈，向我吐露心曲，说你三表哥带大姨爹去江南耍了一趟，回来大姨爹狂得厉害，说还有人跟着，想让一条老街都知道，令她心生不爽。我笑了，说三表哥当过区委书记，如今又是省里大员，认识的人多，我们没法与他比。我悄悄问她是不是也想去游江南？她默默点头，说这场大病后，看到少年时伙伴一个个走了，想开了，人生一世，草木一秋哇。我说我来安排。于是，那年国庆长假，我和夫人、女儿从黄山转至南京来等她与父亲。彼时，江南仍有几分燠热，众人还在穿短袖，母亲却棉包棉裹地穿了七件衣服，下了飞机，顿成一道风景，引来回头率颇高。此时，她已患上糖尿病，饭前，都是父亲给她注射胰岛素，还须忌口。故出门前，她专门炒一斤太和豆豉，让老父亲装在食品袋里，以便下饭。进了金陵城，我们带她逛中山陵、明孝陵、总统府、秦淮河等。随后，我们驱车入无锡城，时大雨落下，犹如天漏了一般，可她非要冒雨去参拜灵山大佛。下车伊始，狂风肆虐，雨伞都吹翻了，我用一件冲锋衣将她严严实实裹住，带她走向一公里外的灵山大佛，她的毛布鞋和裤管全被雨水浸湿了，一步一个水印地走进佛堂，抱了佛脚，跪拜在莲花座下，绽开了舒心的微笑。晚上，一位领导请我们吃大餐，有多位朋友作陪，看着桌上阳澄湖大闸蟹、东兴斑、大龙虾，她居然不动筷子，仰起头对伫立一旁的酒店女经理说，请给我炒一盘青椒肉丝吧。经理照办，连忙交代大厨去做。一会儿菜便端上来了，她要了一碗米饭，将青椒肉丝扒到碗里，再从我老父亲手里拿过食品袋，解开结，挑出一筷子豆豉，便幸福地吃了起来，毫不忌讳，令满桌高朋面面相觑。晚上回到房间，我埋怨她不给众人面子，她却一本正经地说，我没有那个意思，真的是吃不惯海里的东西。

一场台风过去了，我们进了杭州城，陪她登上雷峰塔，她不问白堤、苏堤何处，却手遮正午的太阳，问我断桥何在？我指着远处的白堤，告诉说一会儿坐船去游。吃过午餐，有导游相陪，带她登上小舟，她问我为何不坐大船，我说小船票价比大船贵呀，她有些不高兴，嫌贵，我说人家已经安排好了，无法更改。她悻悻然踏上小船，感叹地说："七岁时，在昆明大观楼划过一回，六十年了，这是第二回坐。"可到了金溪山庄，父亲却将她的豆豉忘在椅子上，被服务员扔了。到了上海，她还埋怨了许多日子。

母亲与父亲，年轻之时，为我们兄妹五人的生计，吵过、闹过。尤其是父亲被贬之后，母亲让着父亲，可是到了晚年，却倒了个，父亲呵护着母亲。每天晚上，他总是将洗脸、洗脚水倒好，换脚鞋放好，请我母亲洗漱，然后将洗脚水倒了。母亲晚年信佛，入小镇东边的龙泉寺挂单当了居士，初一、十五，逢年过节，都要入寺当值。除夕晚上，吃过年饭，父亲打着手电，行两公里路，将母亲送至寺庙值班，自己再走回来，不管天色多晚，夜多深，等烧头炷香的人散尽，他又打着手电，将母亲接回。令我们晚辈喟然长叹。

改革开放后，老两口一起做豆腐卖，经常起五更睡半夜的，别人家都挣钱，唯有他们老两口总是做赔本买卖。父亲思来想去，终于发现亏本之因，是母亲总把卖豆腐钱私下接济三弟与二妹。后来，两个老人改种小舅家两亩菜地，一种就是十五载，秋霜苦夏，春雨雪夜，总忙乎在地里。我支持他们种菜，可老街上却微词四起，说亏得还养了一位老军官，竟让八十岁父亲、母亲种菜。我不为惑言所动，姑妄听之，只图他们能运动，有一个好身体，并郑重告诉老父亲，谁问哪个儿子让你种菜，你就说是徐剑。我愿背负这个坏名声。父母亲就这样屈从于我，一直种到八十岁。直到前年中秋，我们回家为老母亲做八十岁大寿，那天她近似央求地对我说："老大呀，我真的种不动菜了，不能拖着这副老骨头与你爹在地里盘了，菜地还给你舅舅家吧。"我有几分不乐意，最终还是点了点头，后来才觉得自己太自私了，让老母亲受累了大半辈子。

然，母亲一搁下手中农活，身体便急速地垮了下去。去年春节，我回来时，妹妹与弟媳告诉我，母亲出现幻觉，经常大白天与作古之人交流，还独自一个捆布娃娃，当小孩哄，时常喃喃自语。父亲将饭菜端上来时，她每次都要求多盛一碗饭，请一个虚空的陌生人吃，我不以为意。父亲告诉我，你母亲有点昏了，妹妹亦说，她经常叫着死人的名字，可吓人了。母亲当时耳朵有点背了，突然听到了，惊呼道："徐剑，千万别信他们的，我没有昏。"我哑然一笑，有点不辨真伪，但相信母亲不至于骗我。然，过年一天天近了，直到有一日傍晚，她指着吃年饭要铺的一袋松毛，说那里坐着一个人时，我才开始将信将疑，不得不正视一个不愿承认的事实，母亲的糖尿病后遗症显现了，且向老年痴呆迅速恶化。

去年六月中旬，我刚飞到上海浦东采访海南填岛人，父亲突然打来电话，声调略带哭腔，说你母亲住院了，快回来看看吧，不知她能不能闯过这一关。父亲一般不会这么打电话给我，这是我当兵四十三年来的第一次，我知事态严重，连忙飞回老家。傍晚抵达时，因为母亲住在医院太闹腾，又喊又叫，医院特许她白天输液，晚上回家住。小弟告诉我得有心理准备，说不定母亲认不出我。我想不至于吧，我可是她远方的游子，她最牵挂的人。黄昏泛起，我在一家酒店点了一桌菜，只待母亲归来。暮色将至，四弟驾车带母亲回来了，泊在停车场，我拉开车门，见母亲瘦得脱形了，眼珠凸露，有点像外星人。半年不见，她一下子老去了二十年，令我大为惊诧，强忍酸楚，喊着："妈，认得我吗？"她大声答道："你是我大儿子！"我欢天喜地地一跃，对每位亲人说，妈妈认得我。一颗忐忑的心落地了。

　　然而，第二天早晨风云突变，待我陪着母亲去医院时，她竟认不出我了，只会微笑，我再三逼问她我是谁，她却扯出我根本不认识人的名字，令我痛如锥刺。母亲住院十天，我在医院病榻前陪了十天。可是她躁动不安，坐卧不到一分钟，便爬起来就乱动，力气还特别大，输液时稍不注意，就将针管拔了。因此每次输液，四个媳妇全部出动，哄她、逗她，按着她的手脚不许动，方能安心输液。我觉得这样做太过分，请她们松开手，让母亲下床，我举着输液瓶子，搀着她走，可走不过百米，她已经气喘吁吁，复又回到病床，重复以往。费一天时间，才能勉强输完当日的量。到了第十日，母亲居然奇迹般地好转了，能吃一小碗饭，人却时而清醒，时而糊涂，对我始终客客气气。我唯有一笑了之。能吃就能活，我认定母亲能闯过这一关，并与她约定，"十一"长假，回来陪她过中秋。

　　9月30日，仿佛心灵有约，我如期而至，飞回了老家。那天见面时，她比六月更瘦了，准确地说，是形神枯槁，惨不忍睹。但精神出奇地好，我问她我是谁，她又扯上别人名字。我责怪她，妈妈认错了人，就只会笑，她说笑好哇，拈花一笑。我竟听不出这是回光返照时的告别之语。彼时，夕阳西下，我与妹妹搀扶着她出门，在河边走了几十米，她竟喘得脸色如白纸，吓得我们连忙扶她回屋。落座后，我陪她好一阵子，她突然冒了一句："你何时转业？"我一跃而起，大声喊道："妈妈没有糊涂，认出我啦。"吓得她张大了嘴巴。那天傍晚，她后来竟然叫着我夫人和女儿的名字，问道："小妹和晓倩都好吗？"我说："她们现在在巴黎，过些天回国，就来看您。"她点了点头，又摇了摇头，什么话也没有说。我的泪水顿时涌了出来……

第二天是"十一"国庆节，我和小弟进城，为老母亲选购了一辆轮椅，拉回家后，我推着她在河边走了一圈。随后，老父亲又将她抱进轮椅中，沿着河边走了一趟，朝着她出生、长大，成家育子的古镇走近，走去。

翌日上午九时三十分，母亲在睡梦中薨。等我从老街拼命赶过来时，接到了她最后一口气。她没有痛苦，安然睡去。当妹妹和小弟媳为她洗澡换寿衣时，我抱着她，搂着她，支撑着她，这是我第一次也是最后一次看到妈妈的裸体，她已瘦得尽失一个女性所有的特征，像一个婴儿，更像我见过的坐化活佛，抽干了身上的水分，从容西去。母亲的体温在我的怀里一点点冷却下去，安然回归天堂。

母亲的灵柩在家停了四天，表弟们从山下砍来青松和翠竹，为她搭了灵帐。到了第三天，我竟然发现一只巨大的黑蝴蝶栖息于灵堂的青枝上，惊呼道："蝴蝶，有蝴蝶呀！"五弟媳说："它从母亲逝世当晚，就飞来了，一直徘徊未去。"啊！那是母亲的灵魂盘旋于家，依依不舍呀。那一刻，我先是骇然，继而肃然，最终释然：母亲一生慈航，修得正果，终化蝶而去。三十五天后，我与妻子回到昆明老家，为母亲做"五七"，那天晚上，古老的洞经音乐刚刚吹起，忽又有一只彩蝶飞入家中，盘桓不去。第二天，冥纸化尽，竟溘然飞去，从此不见踪影……

"三生蝶化南华梦，只有情缘重。"母亲于清秋之日，化蝶远去了，她的坟茔就埋在茨冲，葬于北山之巅，坐北向南，可鸟瞰板桥古镇，可远眺我登机北去的长水机场。旅梦乱随蝴蝶散，袖拂烟痕写远游。母亲化作彩蝶远去，可是那双慈航之眸，却一直审视着我，目送着我这远方的游子，三生三世不泯哪。

雪峰山的性格

　　走出溆浦高铁站，他仰首楚天，欲观云端，是否有白衣高士伫立于溆水畔，那一定是他心仪已久的屈原大夫。可惜天阴了，黑云锁青山，像要下雨，白衣屈子不见，倒有几只白鹭翩然于稻田之间，屈子不涉江兮，何处寻白影仙踪。一拨文人墨客挤进一辆接站的小中巴，往雪峰山千村瑶寨驶去。

　　那天下午，他坐在中巴车后座上，车里塞得满满的，有窒息之感，已经坐了四个半小时高铁车程，人有点累，只希望早点抵达下榻之处。车沿江边走，走着走着，天空中冷雨飞扬，他太熟悉湖南雨季。看看那冰雨，听听那冷雨，感觉一下冰雨如帘。听来听去，他能分辨出雪峰山冷雨、春雨和秋雨的重量。

　　离开湘西久矣。屈指算来，已经三十八年了。斯人将老，却迟迟不敢为自己十六岁当兵的地方写上一段文字，遑论大作，不敢，并非因为才气使然，而是人生犹如一缸老酒，预埋时间不够长，未酿成琼浆玉液。

　　辛丑春深，回彩云之南，老家在昆明城郭之东的大板桥驿。徘徊在春天的春雨里，古驿朝雨浥清晨，润湿了石板路。环顾宇内，称板桥者众多，但是他的华夏地图记忆中，故园，还有一个地名，古称瀍州，其实是"鸡声茅店月，人迹板桥霜"，大桥方舟渡的延伸，一桥渡人，一舟载众生，终极之地是对岸，渡己、渡人、渡众生，典藏之经书皆在宝象庵和大唐古刹龙泉寺里，唯有心知、他知、我知。远眺，可见彼岸花开。然夏日中国北方热浪滚滚，唯有云南这边天气好乘凉，蛰伏于此，潜心写作西藏双集中养老、养少的长篇《西藏妈妈》。情思已被哈达所牵，尤野不远，西藏爱心妈妈慈航而来，一次次梦回那曲河、狮泉河，圣湖清波，神山倒影，却很少梦回他十六岁当兵的沅水与渠江。

楚山不曾入梦来，可是他却执着地眺望雪域。那天，余宁兄发来微信，邀他参加著名作家雪峰山红色行，他欣然从命。雪域与雪峰山，隔了十万八千里，可是斯人远去雪峰山数十载，该回十六岁当兵的地方看看了，那可是掳走他少年魂魄的山野。遥想当年，所有英雄情结和文学梦想，皆在那座雪峰山下孕育。可是少年归乡鬓如雪，该为自己，亦为那座楚虽三户，抵挡日寇的雪峰山，写篇雄文，祭祀青春芳华不会复返。

然而，从昆明长水机场没有飞怀化的航班，除非去长沙，再坐高铁折返溆浦，系为便捷之旅。但一看攻略，却是坐高铁最便捷，四小时十五分钟可抵目的地。遥想当年，他在那片大莽林里当兵时，多次往返之途。

出发时间定在"五一"长假后，昆明城郭连下了十几天雨，夜雨依旧看楚山，楚山不远，待一个游子归来。

车抵溆浦瑶寨的山脚下，山道弯弯，需要换车上去。彼时，一位在此工作的老同志驾了一辆本田迷你小车，让他和《十月》杂志的诗歌编辑及南方报业集团一位女士一起上车，他一脚跨进去，坐在后排，车里很狭窄，在司机背后，根本伸不开脚，无可奈何，只好蜷曲坐下，胸贴双膝。车在雨中行，山重水复，盘旋向上，绕过一道又一道山梁，将一个螺髻似的山峦转了个遍，山一程，水一程，雾一程，终于登顶。前方有帐篷和吊脚楼出现，可雨太大了，迷你本田车在千年古寨的木楼前戛然停下，副驾驶座上的女士先下车，随后是《十月》杂志编辑，最后轮到他了。从后排狭窄的地方伸出一只脚，另一只脚竟被本田车的安全带勾住了，身体朝前倾，一个马失前蹄，匍匐向前，摔出三米多，居然是膝盖落地，生疼，他以为骨折了。一位年轻人见状，冲上去，将他扶了起来，满头是冰雨，脸上、身上，皆是。

这是祥雨吗？他心中有股无名火冒出，浮冉在雨幕中，雨真大，难道说这是雪峰山要给他一个下马威？

环顾四周，天空中有一只怪鸟飞过，是白鹭，还是沙鸥，他不知道。

啾啾斑鸠调，应该是春天的叫春鸟吧。

觅渡，布谷鸟声声，大板方舟载着青春驶向何方？无舟，亦无骑，却有一条神龙穿越九州，在等待他。那天清晨，小弟驾车送他去呈贡高铁站，出门就是冰雨如帘。烟雨杨梅山，转入高速，平时一个小时的车程，仅半个小时便到了，登车，向北，向着那片南方大莽林驰去，听听那片山雨，坐在车里，假寐。昨天晚上，他又失眠了，清晨才入梦乡，却被闹钟叫醒了，不能耽误了十点的火车呀，何况夜雨过尽，清晨最容易堵车，因此他早早地醒了，将行囊收拾好，便等小弟来送站，登车才放下心来。车驰，朝着宝象河后边的山林一跃而过，迷离之中，他想到了四十七年前，那个秋霜板桥的清晨，他登车去了远方，一个可以安妥十六岁青春岁月的兵营，只是当时湘黔线未通，他们坐在闷罐车待了三天三夜，到兵站的地方才能下车吃饭，第一顿早餐在水城，是苞谷米饭，只是米略多些，他吃得特别香。

在那个饥饿的年代，当他报名当兵时，母亲说了一句话，让他刻骨难忘：去吧，到部队吃顿饱饭！那是一位母亲对一个个荒年的无可奈何。可是他的一颗少年野心却跳荡着，坐着闷罐车去，第一次探家，得坐着卧铺车归乡，那意味着他必须提干，成为一名排长。

烟雨迷蒙，列车在桂林停了下来，接兵班长喊了一声口令："背背包，下车！"他有些愣住了，不是说去南中国海边吗？怎么从桂林下车，这里离大海很远哪。岂料，蔚蓝色的大海未入，他却入了一片林海，是当年红军渡过湘江后，通道转兵远山苍莽。

晨雨中，一群新兵爬上一辆辆兵车，坐在大车厢里，往龙胜驶去，他第一次走近雪峰山的余脉。兵车行，在烟雨中逶迤而行，穿越莽荡的大山。一会儿从大纵谷盘旋而上，绕过一个螺髻般山顶，转至山巅，一会儿又从云雾间，逶迤而下，钻入谷底。云海尽揽，雨雾木楼，云山苍苍，江水泱泱，侗乡、瑶寨、苗家一个接一个。此时他才意识到，去海边只是一个梦呓，山涛风来，如鼓、如涛，风入耳，其实是从大森林里边吹过来，山风吹老了岁月。

天色将暮，兵车驶入了一座座吊脚楼相掩的村庄，仍旧烟雨朦胧，牛毛细雨纷纷，如银针，似蜘蛛织网，遮住视线，天真小，就是车棚相蒙的后车厢的天空。晚上九点钟，终于在一个河谷里下车，流水潺潺，冷溪谁抚琴，远村有昏黄灯火点点，犬吠声长。沿一条泥泞小径，一路向上爬，终于在一排茅草房前，找到了他的青春安妥之地，新兵连营盘。放下背包，然后到食堂吃饭，居然是一个杉木皮盖起来的饭堂，也许是饿了，那一顿白米饭、南瓜汤、空心菜炒辣椒，让他吃得很香啊。

晚餐毕，回到茅庐，已经是夜里十点多，睡的是大通铺。好在新兵班的训练班长是一位云南路南县的老兵，说的是普通话，却是浓浓的马街调，老乡见老乡，两眼泪汪汪，无泪，只有青春的好奇和悸动，故乡远了，亦近了。大通铺很挤，新兵一个挨一个，屋外冻雨冰凌，屋里煤烟袅袅，地炉灶烧得火红，那一夜睡得很深沉，铁衣冰雨入梦来，点滴到天明。

拂晓，尖啸的起床号，将他们叫醒了，这是他作为军人的第一个清晨，命运的集结号吹响了。集合，出早操，下山坡沿公路爬三公里，再返回到一个不大的操场上，踏正步，齐步走。却是在一片泥浆和雨水中操练。晓色初露，东方鱼肚白，焕然一个大天光，只是太阳被雪藏了，无论一二一的喊声多么洪亮，晨曦始终不出云罅。

鸡叫了，雄鸡一声声长鸣，他循声而去，只见远村，黑乎乎的房子，呈吊脚楼之状，前有小河，再前方是片收割后冬日的稻田，后倚苍山，杉木皮铺顶的屋脊，薄雾袅袅，一片悠悠远人村的意象。操课小憩，他伫立一株老橘树下，环顾苍山，此地风光、风水极佳，令他有点心旷神怡，晨雾浮浮冉冉，一会儿云遮，一会儿雨掩，乡村野老，蓑笠孤舟，让人到了不知今晨何夕的年代，文明的时针在这一刻停摆了。莽山、远村，结庐营盘，藏雷纳电的地下长城工程，令他无限憧憬，暗自下决心，怎么也得提个军官回去，不负青山不负卿，更不负这个少年花季。心中神山露出雨雾，偶露峥嵘，可是湘西雨天的太阳，却两个多月不曾出来，无论操兵的正步如何铿锵。锁里，雾里，雨幕锁重山，冰雨、冻雨如帘，他渐次读懂初识的雪峰山的性格，半山冷雨半山雾，半年雨雾缭绕，雾里雨里看雪峰，不知哪个是真，哪个是假。冰锥子从草庐上垂下，冰凝楚山，一片冰心在锁里、在双江、在溆水、在沅水、在屈子涉江，王昌龄高吟一片冰心在玉壶的芙蓉楼上。

一个从军的少年，到了那片莽林相掩的导弹基地，并不知道，这也是一种山缘、文缘、奇缘，因为在他十六岁过尽青山，横舟双江、沅水、溆水，从基地调至北京机关，后来成为作家后，冥冥之中，是一种文缘天注定，所有的经历，对于一个作家，都不会过剩。

　　因了阅读过那片山水，十八岁那年，他在湖南日报社图书馆邂逅了
沈从文，那是一个雾尽、雨歇、太阳将出的时刻。先读过那处雾里看冰
花的山山水水，那个仍滞于人童年的山野，他才与《边城》《长河》
《湘行散记》相遇了，惊讶之极。一位与他有着同样连队文书梦的苗家
少年，居然成了世界级的大作家，他半文半白的笔下山水，竟然令他如
此熟悉亲近，每条河街，他青春的履痕都曾丈量抚摩过。那一年，他十
八岁，此刻的中国，今夜几点钟？

　　双膝盖擦伤后，喷了白药喷剂，虽有几分刺痛，但是他上下蹲了几
次，膝盖并不痛。万幸，半月板没摔碎，全得这副军人的好身板？也
是，也不是。后来，他仔细思量，多亏昆明下雨，天冷，出门时，他穿
了一条户外裤子，有点厚，一跤摔下去时，起到了防护作用，救了他的
膝盖。

　　傍晚，骤雨初歇，高朋文友相聚山垭餐厅，坐看云起时，雪峰山雾
霭沉沉，白云飘绕。落地窗尽西岭画，雨雾缭绕丹青笔，一种摄人心魄
的美，卷轴般扑入眼帘，人在山中，景化心中。只是时节已近春深，雪
峰山百花凋零。一半雾淹，一半雨来，天幕将落时，坐观云暮晚，推杯
换盏，人入微醺境，夜幕落下，将一卷雄奇的山水画卷漫漶成墨。

　　那天晚上，他很早就睡下了，听听雪峰山的冷雨，渐入梦境。江风
依旧，屈子不曾入梦来，七绝圣手王昌龄不曾入梦来。

　　夜卧冰河，雪峰山的山鬼英魂在行进。一只夜鸟在窗外的林间怪
叫，鹧鸪跳跃在杉木林间，磷火点点，布谷鸟鸣春，将那些长眠在雪峰
山上的雄魂召唤醒了。抗日战争最后一战，就在这座雪山之巅展开，日
寇六个师，重兵集结于长沙、邵阳。中国军队近二十万众，与日本侵略
者进行最后决战。而部署在最前沿的官兵，则抱着捐躯赴国难的决心，
与敌人殊死一战。若日寇攻陷阵地，失我雪峰山，陪都无颜色，大后方

沦陷，芷江机场被占领，贵阳、昆明岌岌可危，重庆也朝夕难保。雄关雪峰，这最后一战，不仅关乎华夏国运，亦关乎那个扶桑岛国的日本人的命运。尽管日寇向雪峰山进攻，犹如蝗虫一般向山巅涌来，可是中国男儿战至一兵一卒，甚至整连整营的牺牲，换来雪峰山岿然屹立，军旗不倒，顶住轮番攻击，日本侵略军在攻克局部阵地后，伤亡过重，不战而退，雪峰山雄关难越，成了日本侵略军最后的宿命与梦魇。

他在湘境从军数载，由一个连队的卫生员到团部报道员，十九岁那年，被擢升为团政治处书记，官阶为少尉排长职务，后来调入基地机关当干事。有一年，他到大莽林腹地的阵地采访，第一次领略了雪峰山之雄。入安江，从雪峰山而过，盘旋于山间，上山几十公里，下山几十公里，登高望远，四百多公里的雪峰山雄踞湘西，连绵千里，襟带山河。落日余晖中，岚烟雾起，苍山如血。他伫立于一片高地，风入松，林海激荡，犹如从军号声中醒来，马蹄声碎，军号声咽，长啸于林海之间。

然，铁马秋风雪峰山，雨声、江声、涛声、枪声、吼声落尽，那些雪峰之巅的缕缕白骨，化作山中磷火，跳荡着，星星、点点，化作一条天瀑，一条时光的巨流河，在他梦中湍流，楚虽三户可亡秦，不亡的是血性，是壮士赴死之心，那一刻他才真正读懂了雪峰山麓，这是一座血性之山，冰雪之山，雄性之山。

于是他的青春翅膀，掠过这片苍苍茫茫，皆化作人生记忆。在他住过的那座小县城里，目睹了太多的牺牲，为了不让外国侵略者在这片土地上长久停留，他的战友们用血肉之躯掏空一座座山，建成一个个导弹阵地。我有长剑堪截云，雷霆在握。他不解呀，为何不让吹着唢呐，放着鞭炮，在大白天，轰轰烈烈地送他们上路？为此，他去找老团长评理，却被臭骂了一顿。老团长问他："当兵为什么？"他说："保家卫国。""那我们来这座小城干什么？""为导弹筑巢，也是为了铸造大国之剑。""说得好，可是我们隔三岔五死人，还不搅碎小城的宁静啊。"

彼时，他真正读懂了太史公生命于鸿毛之轻于泰山之重的嗟叹。生于平凡，何足叹，归于寂静，何足怜。但心中仍旧愤愤然，幸不在沉默中死去，就在长夜中重生，他要写，他要奋笔疾呼，那一刻，他决定写一部书，为自己，为十六岁的当兵岁月，也为雪峰山里的人生。大山塌下的一瞬间，他的青春梦想在化作山魂时，飞出一只不死鸟。三十六岁那年，他的长篇处女作《大国长剑》，一剑三奖，获得首届鲁迅文学奖、中国人民解放军文艺奖和中宣部"五个一工程"奖，他捧着新作《鸟瞰地球》，那部血祭导弹工程兵的书，回到那座小县城，烈士陵园，仰视一峰独秀，是战友之魂铮铮铁骨般的兀立。于是，他点起了蜡烛，将自己的书，一章又一章，一页又一页地烧给战友。彼时，天风四起，穹顶渐黑，山雨欲来，黑云如挽幢般地落下，一场暴雨将他和他的战友们浇得透湿。纸船明蜡照天烧，那一刻，他知道了，自己当兵的这座雪峰山麓，其实是一座神性的山，雄性的山，有着非同凡响的楚人性格的山。

天将破晓，他被后山林中的鹧鸪鸟叫醒了。

鹧鸪、布谷，一只叫春之鸟，在呼唤他早已经远逝的青春。起床，匆匆洗漱，下楼。然后，沿一条木梯，拾级而上，去观雪峰山的日出，走得有点急，气喘吁吁中，山回路转，突现一景。前方有一种雨过天晴、晨曦初露的灿然。登顶时，站在一个玻璃平台上，不少作家朋友在等待日出，一扫他在昆明城郭半月连天雨的阴霾。

天裂大云罅，晨曦初露，从东方天幕上筛下来，苍苍荡荡，莽莽野野，登高望远处，终于让他感受到一种震撼，楚山雄阔，丝毫不输岱岳半分，雪峰巍峨，也不输昆仑一毫，毕竟这是一座文化之山哪。云开日出，他似乎看到云游雪峰山的楚国大夫屈原，白衣长袍，官髻高冠，踏云而来，袂袖博带，神采放逸，飘然而下，屈子蹚雪峰山的第一条河应该是沅水吧。淑水如练，青碧剔透，一片冰心向楚山，向郢都哇。可是故国不可看兮，唯有痛哭，哭家庙，都城不堪明月中，怎么样才能表达屈子对楚国苍生和国君的惦念？问天，九天之上的问号都拉直了，路漫漫其修远兮，吾将上下而求索；问地，雪峰山上满地开满了的橘花，白白地，在祭郢都百姓之殇啊。国殇，忠言逆耳，无人会，唯有《橘颂》在人间。

山鬼兮已远，国殇文章成绝唱，楚国亡了，六国岂有完卵，皆一统于大秦。他在云中看到了沅水旁边的黔中郡，是为大秦建制，千年一制，让华夏文明世代相传，一如淑水往下，流入沅水，流入黔城，那个芙蓉楼上。

文心即初心，初心即冰心。次日起身，从今宵酒醒的风月出门，登舟而云，去他任龙标尉的治所黔城吧。

云散，一片大天光，太阳冉冉，照碰着雪峰山的龙脊。下午的行程是入溆浦县城，拜谒为新中国成立碧血千秋的一位女侠向警予，她的音容，她的小楷作文，他早已经读过，可是他还是想看看她究竟出身于一个什么样的家庭，受过这样好的教育，却要下船，与那个体制彻底决裂。入县城，在一棵大榕树下，走进向警予之家时，蓦地看到一出身富庶之家的女子，因了对那个社会与世道的绝望，才走上了造反之路，一条探索民族自由与解放人间的正道。

那天走出向家大院，走过那株大榕树，他走到了淑水之滨，清波荡漾，浩浩汤汤，一位位文人墨客似从他眼前走过，他倏地觉得，斯时的雪峰山的性格是雅正、斯文的，是一座文化之山、通灵之山。

去看看花瑶吧，入住天空之境的行程，远去隆回县，看一场花瑶出嫁大型歌舞表演，吃一顿风情曼妙的喜宴。

　　那天上午，近距离地与演员接触，既当观众，也当演员。等嫁娘拜堂成亲，入洞房后，一场婚宴开始了。待嘉宾落座，一群跳舞的花瑶女人，竟然端着大碗和酒壶而来，六位花瑶女人，将手中的大碗一个接一个，梯田般由低到高接好，最低的碗口对准客人的嘴，最上边的酒壶开始倒酒……高山流水灌黄汤，美酒醉亲人，成为花瑶女人对远道客人的另一种情谊，名曰高山流水。

　　花瑶女人的高山流水，雪峰山的高山流水，山清清、水碧碧，湘女潇潇遇知音。那一刻，雪峰山的性格被他解码了，从雨雾蒙蒙的湿润，到英雄无语的莽荡，再到楚辞高吟，七绝不尽的文化，最后皆化入一片烟雨迷茫的多情和情谊，雪峰山的性格，竟然如此复杂。

　　这就是他四十四年的解读、解密，一生只读一座山哪。

一九五六年元旦那场雪

1956 年新年，并非中国农历的元春之始，天气很冷。2012 年夏，李旭阁在北戴河海滨回忆起来，记忆难免有误，但他非常确定地对我说，那年元旦，北京城里落了一场大雪。

一条时光的子午线，分开了东西半球昼夜轮回，雪是从 1956 年元旦凌晨下起来的，飞飞扬扬下了一夜。雪落幽燕，风过居庸寒，虽无燕山雪花大如席的夸张，但飘飘忽忽，悄然入北京城。

天上一片雪，地下一世界。李旭阁说，天地玄黄，风雪夜归人，就在一夜一瞬之间。他记得昨天晚上离开中南海居仁堂时，天还晴得好。

早已过了下班时间，黄昏泛起，1955 年最后一抹夕阳落照于中南海居仁堂红墙黄瓦的林苑里。时任总参谋部作战部空军处技术组组长的李旭阁少校，将最后一页台历撕下来，夹进自己正在补习的代数书里，当作书签，长舒一口气，并将目光透过古老的花格窗，投向红墙外。

一元复始春将至呀。窗外，如火如荼的公私合营运动，遍及每个角落，热火朝天的场面浮现于京畿的天空，新中国的青春之姿与萧索的北方冬季相峙。此时，虽已是数九隆冬，北京城郭落下的第一场雪，仍覆盖在中南海湖面上，旧时宫阙，银装素裹，唯瀛台独孤，一抹夕照下，冉冉一片紫光，预示着明年又是一个好丰年。

明天就是元旦了。李旭阁将目光从窗外收回，站起身，将桌上文件和保密本收拾干净，送回保密室，正准备穿上马裤呢军大衣离去时，特种兵处处长杨坤上校突然走了进来。

"旭阁留步，"杨坤推门而入，"还有一件要紧事与你商量。"

"要紧之事？"李旭阁有些不解。

"是呀！"杨坤扬了扬手中一张入场券，"明天下午三点新街口排练场有一场很重要的科学技术讲座，让你参加。"

"什么讲座？"

"我也不知道，"杨坤处长颇有几分神秘地说，"涉密程度很高！作战部王尚荣部长点了你的名，据说，听讲座的都是驻京各大单位的上将、大将，可能你是最小的官。"

啊！李旭阁一脸骇然，规格这么高哇。

暮霭落了下来，西天最后一抹紫阳被中南海冰湖暮霭融尽。李旭阁骑车从居仁堂出来，右拐，从六部口，绕着红墙北行，过毛家湾，从国管局和宗教局门口向西，穿过红楼电影院，往如今全国政协所在地武衣库总参作战部宿舍骑去。身后，夜色如潮水泛起，街灯昏黄如豆，在薄暮中犹如一只只夏夜里的萤火虫，将北京城郭的万家灯火引燃了，灿然一片灯海。

有灯火处，必有人间炊烟。李旭阁骑车横穿缸瓦市，往兵马司胡同拐去，身前身后，便是一片灯河，一条人间天河。北京城隅渐次沉落于宁静之中。

从战争中走来的军人，最喜欢这种安详与静谧。李旭阁喜欢这样的和平之夜，从红墙里出来，骑车穿越北京城西，冬天的京城间巷里静悄悄的，沉醉于万家灯火的温馨之中。多少年了，他蹚着战场、雷场的炮声、枪声，飞机的轰炸声一路走来，此时的宁静，与他经历过的战斗生活，判若霄壤。最挥之不去的炮声，是解放兰州城。马步芳军队的炮弹突然在身边爆炸，战友横飞玉碎，他的耳朵骤然失聪，好多个月叽叽乱叫；还有在朝鲜战场上，敌机的炮弹从天而降，掀翻了他与耿素墨新婚的小屋，一对新人埋在了瓦砾之中。1953 年夏天，抗美援朝战争在板门店画下了最后一个历史性的句号，李旭阁夫妇穿越刚熄灭的兵燹，回到了国内。这时军委作战部在全军选调优秀干部，开出三个条件——经历过战争考验的，年轻的团职干部，会写材料的。彼时，二十六岁的李旭阁，已经是北京军区 65 军训练处处长，具备了军委作战部的三个重要条件，个人阅历堪称完美，小八路出身，抗日战争入伍时年仅十五岁，经历过抗日战争、解放战争、抗美援朝战争，当过营长、团参谋长，虽说文化上仅上到小学四年级，可是在战争这所大学里，他勤奋好学，茁壮成长，且写得一手好材料，作为全军优秀干部，被选调入军委作战部特种兵处当参谋。抵京之时，他便开始恶补初高中文化，尤其是函数知识，以利日出东方、已经醒来的中国。

家门将近，北京的天空起风了，开始变天，阴风四掠，黑云摧城。

抵达家里，妻子耿素墨腆着一个大肚子，临盆不远了，却一边照顾大女儿，一边做饭。人民解放军第一次授衔前，妻子由 65 军报社记者转业到煤炭工业部党委办公室，不久大女儿呱呱落地。然，人在殿堂，心驰神州，一种时不我待的紧迫感驱使李旭阁超越自我。

丰年好大雪呀！那天早晨，李旭阁推开武衣库小院里西厢房的门，只见一夜瑞雪落下，院子里飘雪成堆，侵至石阶间、窗台上，甚至拥门而伏。雪后一片天光，太阳不知什么时候升了起来。晨曦初照，瑞雪丰年，天行健，人间正道，紫气冉冉，古老中国因了一群年轻的理想主义者，竟然老树新枝，犹如这初升朝阳一样，重曜东方。

扫完了积雪，不知不觉已经中午了。李旭阁转身到长廊一侧去开自行车锁时，妻子耿素墨推窗喊道："旭阁，电话。"

李旭阁转身进屋，是作战部王尚荣部长打来的："李参谋哇，你过来与我一起坐车走。"

"部长，不用，我骑车去，谢谢！"李旭阁推辞道。

"刚下过雪，骑车路太滑，就同一个会场，你还客气什么呀？"老红军王尚荣曾经是刘伯承元帅的部下，说话不容置疑。

李旭阁连忙向武衣库靠南面两排的部长平房走去，做个解释。

武衣库，顾名思义，乃当年清军内务府的六库之一，始建于顺治年间，成制于乾隆，历经三代帝王，一座典型的北方四合院院落。为新中国成立前宋哲元所居，之后自然成了军产，军委作战部的家属院，前边两排南厢房院落曾为作战部部长张震、王尚荣等所住，后边则是处长、参谋之家，李旭阁入京后，分得了两间公寓房。

踏雪而去，李旭阁并未坐部长的车，向司机知会了一声，便独自骑车朝新街口排练场缓缓而去，不是看演出，而是听一场涉密程度极高的学术讲座。这场讲座的主角是谁，他一概不知，不该问的坚决不问，不该说的坚决不说，这是他到作战部报到时，处长交代他的第一条铁律，但是对于今天这个讲座主讲人是谁，他还是充满了好奇与期待！

喊　　魂

大巴山的雨季，烟雨漫漶，潇潇天雨，宛如一道巨大的轻纱罗帐，将城郭、村舍、河流、山川，皆吸揽于怀。

车子拐了又拐，盘山而行，终于登上巴中的一座英雄山。山巅的一个平台上，一座丰碑巍然矗立，名为"红四方面军长征纪念碑"，为书法家魏传统所书。

伫立碑前，站成数排，我们启动中国作家重走红四方面军长征路仪式。

天雨遽来，先如牛毛，后渐次下大，化作潇潇春雨。我视为天泪。泪也，水也，云也，泪飞顿作倾盆雨，不知雨泪为谁淌？

当地领导感慨不已，说这是第一次由官方出面组织的活动，可以告慰红四方面军英烈。悲歌一曲狂飙落，英雄之魂是不会死的。那天，登上纪念碑的台基，我怅然四顾，周遭，一道环形之墙，皆为一块块黑色大理石碑文，上边镌刻着某师某团，满满的，数也数不清。碑文之上，皆一户、一村、一镇、一县兄弟和儿女的名字呀。都是寻常百姓，名字很陌生，我们不曾相识。相见之时，他们已经只剩下一个名字，一个符号，遂为成千上万红军烈士中的一员。他们都躺下了，成为一级石阶，铺就了一条大道，一条通往新中国的执政大道，可是当下，还有几人知道他们是谁，从何处而来，魂归何地？驻足良久，我蓦地感到，这些烈士的名字的一横一竖，一点一划，皆变成一双双利眸，在审视着我，拷问着我。你们是后来者吧，初心何在，未来又会走向何方？

我不忍离去，流连于一块又一块黑色碑碣前，穿行于英魂行列之中，依依不舍，可终有一别呀。转身下山，走过一片凹地，再拾级而去，登上陵园的中心地带——塑像园。此处为山巅，地势较平，占地数百平方米，平地最大，亦最高。只见园中一排四座雕像，坐北朝南，有红四方面军领导人的石像，目光炯炯，仿佛在俯瞰一支远征的红军奋勇西行，西望茅草地，朝着康区雪山、草地一步步地走近。

左边。往下走几步，矗立一尊略小一点儿的女红军的半身雕像，是红四方面军政治部主任张琴秋同志，江南娇娘，飒爽英姿，颜值颇高，纵使在当下亦堪称女神。令我惊讶的是，陈昌浩与张琴秋，竟是一对红军伉俪，两个人的雕像虽然隔着几步之遥，却像隔着一条迢迢天河，然而，掩不住的是前尘注定。

再往下走，另辟有一小块台地，立有一尊孤独雕像，彼君坐南朝北。与徐向前、陈昌浩、李先念、王树声，乃至张琴秋的雕像背道而去，背影茕茕孑立，终成陌路。此公盖张国焘是也，一尊半身雕像，戴着红军八角帽，雕像置放于黑色大理石之上，碑文中间写着中共一大代表、红军总政委等头衔，两边，一副对联如此写道：国破家亡，挺身立党，有始却无终，已辨忠奸留史册；涛惊浪骇，分道扬镳，将功难补过，非凭成败论英雄。对联藏头一个名：国涛，此联沧桑、老到，一副春秋笔法，道尽历史的坚硬与宿命。

走出陵园，上车，驶车上至山顶，下山，山之南，乃一个唐代石窟，为武则天之子李显当年出钱请工匠凿壁而成。彼为废太子，蛰伏巴中一隅，拜佛，念经，虔敬刻经造佛，祷告李氏江山和家人平安。蜀山岿然，一南一北，石佛、红军，众神列列，令我有几分惊奇，唐代石佛与红四方面军的烈士共一个山头。壮士也，英雄也，金刚也，百姓也，菩萨也，成佛之路，多从牺牲烈士始，英雄之魂一路走来，雄关漫道，苍山如血，最终入英烈祠、伟人堂、菩萨殿。其实人与佛，壮士与金刚，苍生与菩萨，仅在一念之间、一步之间、一岭之间。

雨还在下，天泪不绝呀。离开英雄山，金刚山，下一站凭吊之地，是祭祀红军的一个巨大的无名坟场，去一个叫王坪的地方，那里埋葬着两万八千多名红四方面军无名烈士的尸骨。

杜宇声声，连着满天的冷雨，断魂，喊魂。驶向烈士陵园之旅，必经一个毛浴古镇。漫步在毛浴古镇上，当年留下一幅幅巨大红军标语。跟着红军有饭吃，每一句宣传口号，接地气，走心，每一句话都打在农民兄弟的心坎上，不能不让他们跟着红军走。我俯身于这条红沙石路上，仍听到如雨的蹄声，如雷的吟啸，红军扩红时脚步声、口号声，与爹娘、妻子、儿女的告别之声。

壮士一去，马蹄声咽，这样的脚步声，这样的队伍，这样挥手从兹去的呼喊，在赣州红都响过，在长汀一个个古村落过，更在毛浴古镇的石板路上，踏碎了黎明前的黑暗。

雨停了，天裂出一个云罅，风吹过，渐将天幕化作一片湛蓝。走出毛浴古镇，登车，向着王坪万人无名烈士墓驶去。

山一程，水一程，心一程，祭巴山万人坟。王坪烈士陵园到了，我跳下车，伫立于陵园广场中央，环顾苍茫，山脊浩连广宇，气势夺人，烈士陵园坐落在一个巨大的"靠背椅"上，只是山缺一角，烈士陵园的右边，一座青山走势突然断裂，半屏山河阙失。不由心生敬畏，寂然、肃然、怆然漫漶。

瞻仰过群雕，左拐，前边则是一个偌大的烈士陵园，长长台阶，分几个高台，拾级而上，远远望去，犹如中山陵的高台一样壮巍。可步行，亦可坐车绕道而上，有人想登车而上，我说不可，此处乃共和国的精神之祠，勇士无名，鬼雄亦然，坐车上去，会有碾碎或惊扰英魂之忧，遂拒。与众人徒步登高。唯见石阶高耸，台台向上，宽余三十多米，全长四百二十五米，共九个纪念平台，三百四十一步青石板梯步，此为"千秋大道"，寓意红军打下的江山千秋永固。视野空阔，全系花岗岩而砌，雨水洗礼，渐次发黑，石阶上长满了青苔，两旁柏树森森，鹧鸪鸟在孤鸣，回声很远，登临之时，有悲悲怆怆、凄凄婉婉之感。时，大地寂然，山风掠过，如铜笛一样穿透下午的天空。我们脚步放得轻轻地，生怕惊扰了这些英魂。

英雄之冢何在？就在一片柏树林之中。在一个圆墟之上，有一块数丈高的小平台，嵌着黑色花岗岩石板，风雨经年，早已经变黑，据称此地当时是在一座住宅的基础上垒成一座巨大的红军坟茔。平台中央耸立着一块红砂岩的石碑，为中国传统碑阙经幢造型，上边却镌刻着红色的元素，基座上两个方形石墩连心相接，一个倒三角，如剑头，犁头犁向大地，两边镂空荷花，中间次第而上的手枪、红五角星，再往上则是镰刀锤头，云纹朵朵，一只亡魂鸟向着太阳飞去，寓意颇深。往两边看镌刻碑文，左右各一联：右边竖写"为工农而牺牲"，左边则为"是革命的先驱"；中间则是一行正书：红四方面军英勇烈士之墓，横匾为：万世光荣。顶部是一个小圆尖顶，地道的中国风格。多少年后，仍让人惊叹它的设计之妙。

讲解员说，此设计出自当时红四方面军政治部主任张琴秋之手，果然是江南桐乡的才女呀，酥指纤纤，跃身上马，可以杀敌，转身下马，丹青画笔，此乃中国共产党的第一代精英，出身官宦、乡绅之家，背叛自己富裕之家而投身革命，乃为理想、为信仰而献身的一代巾帼女杰。

　　然，最令我惊诧的仍旧是八千将士共一冢，每个人居然连名字都没有留下。斯时，翠柏森森，曲径通幽，鹧鸪的叫声让人心碎，我们拾级而上，从两座香炉前绕过，然后登上一座巨坟的平台前，站成一排，向英烈鞠躬致敬，三鞠躬过后，环一个巨大圆冢三圈，人人神情凄然、一种虔敬写于脸上，每个人低头，手执一朵黄花，缓缓走向英雄之冢，一个随一个，缓步向前，将一支支黄花敬于八千将士坟前。

　　埋葬了英烈，继续远征。张琴秋的前夫乃同乡、茅盾之弟沈泽民，因嫁入沈家，一起卷入大革命的洪流，一起去上海组织工人运动，一起去俄乡留学，又一起去大别山组织革命武装，沈泽民病殁斯地，英年早逝。后张琴秋与红四方面军政委陈昌浩结为红色夫妻。策马长征，从嘉陵江渡口始，走过千山万水，一起北上抗日，一起激战祁连，后在河西走廊受到重挫。

　　这些年，我数度去杭州中国创作之家休假，有一个安排必不可少，便是去乌镇祭拜茅公，也会照例去张琴秋纪念馆，然，她与陈昌浩这段婚史却被格式化掉了，不见痕迹。时至今日，我才知，他们曾经是一对革命伴侣。

　　转出八千将士共冢，后山则是一个巨大的烈士陵园。数年前，四川省委与民政部联袂，将散葬于四川各地红军遗骸迁葬于此。入园，登一块斜倚的巨石，极目远眺，好大一座神山哪。两万五千多块汉白玉的墓碑，白茫茫一片，排列整齐，自下往上，似军人列阵，仿佛是两万五千多人的红军队伍就列队于前，等待红四方面军将领的检阅。墓碑无字，只有一颗红五星，茫茫一片白，满山一片白，雪一般的白，犹如六月飘雪，每顶军帽，每身寒衣，都落成一片白雪。斜阳反射，无字之碑，熠熠发光，像青春不瞑之目，照耀墓地，照耀山野，照耀天堂，照耀中华大地。

我们沿着陵园的中道拾级而上，缓缓登高，心有戚戚然。倏地，山风呼啸，杜宇啼血。倏地，一种锥心之痛扩展全身，撕裂、摧毁了我的情感大堤，都是青春年华，都是血肉之躯，都是儿子、女儿、父亲、妻子，壮烈之时，竟连自己的名字也未曾留下。大巴山中埋忠骨，清凉桥上几回顾。他们参与建立新中国的播种，却将收获付于白云冷雨，荫泽苍生。八千将士共一冢，两万五千多名壮士共一山，最终他们连名字都没有留下，唯有杜宇声声，在喊魂，叫魂，招魂。

夕阳无限，海棠如血。

此时此景，令我的泪水簌然而下。两万五千多名无名烈士共一片青山哪。泪眼蒙眬，眼前的烈士之骸，汉白玉之碑，一级垒一级，终于组成天梯，托举起一部惊天地、泣鬼神的英雄谱。

怅然望天，丹霞与乌云欲来，又要下雨了。那祥云，那霞光，像一匹匹黑骏马、白骏马一样，踏云而去，长啸九天，我为英雄喊魂，此时不喊，更待何时！

蜀天有巫术，其大文化圈，也包括了我的家乡彩云之南。犹记少时，我骑于一把竹扫帚上，以竹马当马，木马当马，仰天长啸，叫魂、喊伴。在这座偌大的烈士陵园里，我昂首，向长天喊魂，喊回我们的少年、青年、壮年，喊回初心，喊回我们的老红军之魂！

一曲歌罢丹阳风

1

天气奇热，太阳落下一道道光辐，将茅坪河水煮热了。栖息在春秋寨石墙上的斑鸠振翮而起，翼羽划过天际，落下一道灰色弧线，划破蓝天，然后择一阴凉处鹄立，停止啼鸣对唱。静默，其实是在等待一场声震天地的鸣音喇叭及端公舞，那是穿越千古的楚国宫廷乐舞哇。

长长铜喇叭举了起来，伸向天空，鸣音喇叭第四代国家级非遗传承人刘国福环顾左右，八位乐师站成半个回字形，着黄衣，戴头盖，腰间系着红带，后边端公舞班底已准备就绪，舞者皆身穿黑袍、紫袍，手持法器，人未舞，额头汗水淋漓。刘家鸣音班子与端公舞班，国家级和省级非遗传承人，今天要为来的嘉宾吹奏一曲，旋舞一场。

楚人之俗，自古"信巫鬼，重淫祀"。在夏日里等待一场盛装鸣音喇叭端公舞，与其说是在求神中永生，不如说是在吹奏舞蹈中燃烧。襄阳、南阳盆地的气温太高了，彼时穿长袍，好似酷暑盔甲护身，汗水如泉涌，可以倒出一桶水。可是，鸣音与端公舞是古楚国宫廷音乐与舞蹈的绝配，就得戏袍盛装，一派战国风，一场鸣音动地喜，远方客人，请您留下来。

2

车子在春秋寨入口戛然停下。

他想起昨晚做的荆山春秋大梦。那是楚国开国之君熊绎吧，国都设在丹阳城（今南漳县城关附近）。周天子会盟岐山，熊绎坐着四乘骑的马车，风尘仆仆赶到岐山参加会盟。仪式前，一位大臣逐一请齐、晋、鲁及卫国诸侯入席，而熊绎不在贵宾席上，被另一位大臣领到东夷鲜卑国君身边，一起安放滤酒用的束茅，那是侍者之活呀。祭拜天地国君师后，周天子对齐、晋诸侯赏赐珍宝，独无楚子。周天子内外有别，只赏内戚王，对外姓诸侯有点冷落，不封亦不赏。

奇耻大辱哇！驾长车返丹阳王城，熊绎心中愤愤不平，向荆楚天空发誓，筚路蓝缕，励精图治，让周天子知道楚子并非等闲之辈。回到丹阳，熊绎招手唤来大臣，吹一场呜音喇叭吧，朕要压压惊，洗礼受辱之魂。于是，宫廷乐师旷被招来了，他是呜音喇叭的鼻祖，拍手唤出乐班，将铜喇叭伸向天际，一米六长，长号嘹亮，喇叭声咽，这才是楚国宫廷的正声雅音，虽出自劳动的号子，采撷于民间，却为宫廷乐师作曲配器，按照中国古乐"宫、商、角、徵、羽"的徵音，填音符作歌，配之端公舞，那是楚国最美的音乐舞蹈史诗，迄今仍为楚国宫廷的音乐化石。听了呜音喇叭，看过端公舞，会有惊为天人之感，通巫术，与鬼神交，感应天地浩气，楚子又满血复活了，将受辱之事抛到丹阳城外。翌日，换上芒鞋、布衣，竹杖穿林过，带着王后跟着百姓砍荆棘，劈山垦田，修渠，可谓卧薪荆山人不悔，终于崛起于南夷之地。

然而，三百多年的楚王都城经不起岁月的风吹雨打，兵燹，水淹，屠城，最终只剩下废墟，城墙坍塌，铸剑为犁，嵯峨楚宫化作旷野桑田，只有楚子听过的鸣音喇叭活着，遗落民间，成了一个个家庭演奏乐坊，续鸣音之魂，楚歌从远风中吹过来，伴着端公舞穿插的旋律，衣袍褰窣，回响在春秋寨的石墙上，听呆那对多情的斑鸠。

3

他一脚跨下车门，眼前遽然一亮，楚国风，好大的阵势与排场啊，眼前惊现一片上古楚乐的艺术之海。刘家鸣音喇叭班主刘国福见车门一开，手从空中劈下，两位长号师对准长号铜嘴，运气，胸有千壑，首奏喜调〔何仙姑〕，喜曲的旋律，呜呜声裂帛，随山风吹来的是悠远沉雄。他踩着鸣音的节拍，眼前一片虚空，热海波涌，激荡在荆楚百姓心田的乐音，随着锣鼓、大镲和端公舞蹈旋律，将楚国风俗一览无余，极尽古楚国音乐舞蹈的原始之美，唤醒一个南蛮后代沉寂的文心元气。

来南漳前，他曾做足案头功课，知鸣音喇叭乃上古中国音乐"宫、商、角、徵、羽"，变调，徵声滑出，变幻莫测，诡谲怪异，平缓内敛中更见深沉，激昂却有度，轻松且放逸。鸣音喇叭距今两千余年，处春秋南蛮之远，山鬼踏歌来，问天听惊雷，《九歌》不及鸣音老，一曲歌罢叹《离骚》。所幸，听鸣音喇叭前，他溯中国古乐的屐痕，只走到大唐。2005 年，他曾在海淀剧院观看过大唐皇家乐师班后人演奏的工尺曲，那也是一群农民。唐亡后，皇家乐师班沦落于宝鸡山野，弃锣鼓、琵琶、笛箫而耕作，却不荒祖上的六艺。农闲时，一个村庄的农民用握锄头和割麦子的手，反弹琵琶工尺曲，竹箫一曲动京城，抚古筝，敲长鼓，胡曲翩翩。长安城的大唐气韵，留在一千三百多年后农家男女老少的浅吟低唱中。而鸣音喇叭呢，比工尺曲更古老，更神秘怪异。

鸣音雅声动丹阳。刘国福和他的刘家班乐师，八个人站成一个圈，两只长号，旁边是两只唢呐，左右各两位大钹、小镲和勾锣的锣手鼓师。

"呜呜——"长号第一声，初啼鸣音喇叭，音域一开，犹如天籁雪落，悄然抹去山间的热浪，落下的是鸣音喇叭序曲。喜调开门，〔娶亲调〕。两只长号高昂于天，喊山，百花生灵踏紫气而来，旭日初升，迎亲队伍带来一路祥云。踩在鼓点上，远芳，山道，旷野，村庄，熙来人攘，渐次热烈起来。喇叭随声而起，那是唢呐味道，欢快，激昂，是老百姓的日子，不经意间，就带入了高潮。随后，怀鼓、边鼓、凸鼓，鼓点四起，犹如楚王大军出征，鼓点如铁蹄踏过石板路，如雨，如雷，如电。最有趣的是大钹、小镲和勾锣和鸣，两位手持勾锣的乐师，敲上几轮钩锣，然后朝空中一抛，至最高点，落下来，接到手中，再敲上一曲，令人眼花缭乱，如雾里看花，雪中观景，青石板路上走马。虽然时令已是苦夏，却吹出了春深。刘国福鸣音喇叭表演大获成功。

该看看巫舞了。鸣音喇叭还在演奏，祭神驱鬼的端公起舞了，此舞盛行于南漳薛坪一带，跳得最好的是老坛主秦应楷，在当地名气最大，可已作古多年，他的弟子姚凯也80多岁了。今天端公舞戏班，分为上坛、下坛以及顶神者与站案者。顶神者为端公，手执法器或者打击乐器，边做法事，边唱边舞，与上天神灵对话；站案者则伫立一侧，主要是伴奏、伴唱，和声齐鸣，配合端公完成法事。那天端公振振有词，八卦旗、令牌、牛角号、镇坛术，十八般法术一一派上用场。演至高潮处，莫过于翻身、旋转、穿插，左边舞者向右穿插过去，右边舞者向左穿插过来，舞蹈变幻多端，令人目不暇接。自然崇拜、生殖崇拜、图腾崇拜，成了端公舞的最高境界。有时，一场端公舞跳下来要一天一夜，大户人家则跳三天三夜。山鬼已远，望荆山兮，丹阳城郭如烟如梦，汉水女神踏鸣音喇叭的旋律而来，众人皆醉。

4

刘国福从记事起，就听爷爷吹鸣音喇叭，他觉得那唢呐声妙曼之极。后来爷爷老了，刘家班子班主成了父亲。爷爷只有在县里和省里来人时偶然出场，露一下身手，获得满堂喝彩。他跑到爷爷跟前请求道，收我为徒弟吧。

爷爷不理他，目光如炬，望着远处的山野，刘家班主传位人是你爹，到你16岁时，胸襟大了，可纳山岳，风掠汉水，气足了，吹得动长号，再说吧。刘国福懂了，爷爷是要考察他的艺术天分，看几个孙子谁能做鸣音喇叭的传人。楚国宫廷鸣音喇叭，至今遗存一百二十多首古曲，分为喜调和悲调。喜调用于民间红事，悲调用于乡间白事，刘家班除了节日庙会吹打外，更多时间活跃于民间，为乡亲们红白喜事助乐。后来，爷爷垂垂老矣，爬不动山路，遂将刘家鸣音班主之位传于父亲，可是他仍旧曲不离口，号不离手。春天，太阳刚爬上东边山冈，照着巡检镇文家垭村老屋，爷爷躺在竹椅上，远望初升的太阳，哼起鸣音乐曲："哑嗨哦呵唉咿哑，咿须矣，也咳哑呵嗨。"

相传这是上古时期乐师师旷留下的古乐，声调诡谲怪异，与楚人崇巫信鬼一脉相承。少年听曲睡梦中，天将破晓，似有神巫穿越千山，踏着云朵与风神而来。刘国福喜欢爷爷哼的古曲，暗自跟着学，他记性好，爷爷每日哼一曲，他熟记一支，一百二十多天后，古楚国宫廷遗落民间的古乐，刘国福都会哼了。〔哀姑〕〔别枝子〕〔官调〕〔白鹤谣〕〔月月落〕〔月月高〕……每个曲调，吟唱得像模像样，令爷爷刮目相看。

　　小子可教也。爷爷将刘国福叫到跟前，拿过长号，嘴唇与喇叭对口形，收腹，吸气，刹那破腔而出。最难掌握的是手音、口音、揉音，如何混声一音，吹出浑厚、诡异、悠远之感。爷爷教他要诀与技巧，他聪明，领悟快，很快就掌握了。其实这些古歌，还在摇篮中的刘国福就听爷爷吟唱过，烂熟于心，爷爷一哼过，所有的梦呓都被激活了。

　　"小子，我就只能教你这些了，"爷爷说，"跟你父亲刘定家去学吧，吹长号时，两支喇叭同时吹，两个乐师交换摸音，这叫你吹喇叭我摸音，难度极高，够你练一辈子。"刘国福磕头一拜。爷爷说："小子记住，将来你也会当班主，刘家班有一条铁规：'进门不吹〔叶叶落〕，出门不吹〔上山坡〕'。"

　　从十六岁起，刘国福跟着父亲学偷换气、甩马锣、换拇眼，这是吹奏"鸣音"的三大传统技法。偷换气是"鸣音"艺人的基本功，学会偷换气，长号唢呐，一吹几里路，都不会歇一口气。吹长号，胸腔和腹部要特别给力，逢喜事，长号吹出"哈哈"之声，幽默风趣，令东家喜上眉梢；遇白事，长号吹出"呜呜"之声，让亲人怆然涕下。父亲最后又让他学打击乐，将一面巴掌大的钩锣，敲出一曲节拍，然后左右锣师配合，轮换将钩抛甩向天空，就像一只妙音金鸟鹞然而起，在空中画一个圆弧，旋转落下。喇叭、唢呐调儿越长，锣师甩得越高，钩锣冲天一鸣，大盘小盘落玉珠，落成锣鼓铿锵。

　　山风过耳，千年已逝，楚王在荆山的王宫城池，都化作一抔黄土，唯有沾着人间烟火的鸣音喇叭，王室乐班，从宫廷走向民间，在千年的红白喜事中存活下来，既保留了古楚国宫廷音乐的高古典雅，又融入楚国民间巫卜文化的神秘、诡异。

　　一曲歌罢丹阳风。

5

演奏一曲鸣音悲调吧，他心中有几分期许。楚国熊氏，自熊绎被周成王封为楚子，都丹阳城，横亘春秋战国，经四十三代诸侯，到公元前223年被秦将王翦攻破郢都，亡国，历时八百一十九年。鸣音呜呜，悲喜交集，虽为春秋五霸，战国七雄，一度定鼎中原，可是多慷慨悲歌，多海棠血泪，多高人壮士，唯有鸣音悲调，可慰忠魂，可祭故国呀。

鸣音第六代传人刘国福知我心，演完一曲曲喜调后，他竟然指挥鸣音乐师吹起了〔白鹤谣〕〔上山坡〕，这才是真正意义的大悲乐。虽为悲音，却有正声、正气。鸣音的悲歌是招魂调，是离骚赋，是壮士歌，呜呜发声，喊山，喊大江过石门，静水深流，阵阵狂涛，将逝者的祭祀与悲情，藏于雅音，落花于逝水东去。悲恸时却含激昂之铿，死寂中有亡魂列阵、蹄声、喊声、杀声、哭声、歌声汇成大江汉魂，四面楚歌，并非败象，那是楚韵的乡音、乡愁，更有缅怀祖先丰功伟业的豪迈。在呜呜唢呐声的乱石穿空中，更添了一种与巫符、神灵感应时的神秘与从容。他沉浸在鸣音喇叭悠长激昂的悲调中，彼时，一群白鹭、一只白鹤在鸣音袅袅古乐声中高飞天际，是白衣高士屈子归来了吧？

千年过矣。丹阳城早已灰飞烟灭，郢都化作桑田，屈子踏浪归来，那双忧患之目，一直悲泪纵横，落成雨点，化为粽子，落入汨罗江、汉水。两千多年了，鸣音喇叭犹在，屈子犹在，《离骚》成歌，何必还要天问，今天赤县尽是好日子，黎民百姓安居乐业，先贤期盼的小康圆梦。大武汉、大襄阳万丈高楼，连郭成城，胜于丹阳城、郢都千万倍。端午节，还有一个漫长的苦夏，属于屈子。丹阳故都的乐班为一颗赤心、一颗文心、一位忠魂吹奏了千年。鸣音喇叭长号昂得高高的，摸音、抛锣,一曲〔白鹤谣〕,渐进高潮。每年端午节,每年夏天,鸣音喇叭乐班都在吹,吹得白鹤盘旋于秧田中、大江滨。屈子就是那只白鹤,涉江,过沅水、溆水,踏湘水而来。踽踽经年的屈大夫哇,听到秦军攻破了郢都,故国不可归兮,唯有魂返,于是纵身一跳,楚子熊绎听过的〔白鹤谣〕,成了屈子的最后宿命。鸣音悲来,唢呐声咽,一个楚国在哭,挽《九歌》而祭屈子,一排白鹭从岭上掠过茅坪河,兰汀香芷,清泉碧流,映着春秋古寨,映着一颗文心不死。鸣音戛然而止,白鹤掠过,浪花溅起,卷起千堆雪,那投江的涛声,那鸣音,其实就是一个古老民族的心跳。

〔白鹤谣〕刚落下最后一声长号,另一曲悲调〔别枝子〕又起,依然是古楚国宫曲,平缓的吹奏渐入佳境,巫神过楚道旋律铿锵,丽日晴空山雨欲来,呜呜长号惊雷平地起。他悚然一惊,这样的鸣音,这样的古乐,只属于一个楚人,非西楚霸王莫属。他是楚国名将之后,半世辉煌,垓下之战是英雄末路,是西楚霸王的黄昏,就像丹阳城郭日暮黄昏一样,血溅天幕。退回江东,他可以再扳回一局,可英雄骄傲,不愿低下高贵的头颅,万千楚国子弟相随,一将独归,无颜见楚国父老哇!当他自刎乌江、将项上之头割给船工时,那一刻就注定了西楚霸王的不朽。"生当作人杰,死亦为鬼雄",荆山楚韵,鸣音悲歌,就是为英雄归来而奏。

鸣音喇叭声咽,狂飙一曲动地歌。

一条大河波浪宽

那一年，乔羽刚好二十九岁，忽然接到电影《上甘岭》导演的电报，请他为志愿军战士写一首歌，要求即便电影不再放映了，那首电影插曲还在传唱。并告诉他，作曲选了刘炽，歌唱请了郭兰英。

好！就写我和我的祖国！

乔羽回到长春电影制片厂，钻到机房看了一天样片，影棚里灯亮起时，他的眼前突然涌来一条河，那是家乡山东济宁的京杭大运河，淌在心中，诉诸笔端，渐渐变幻为流淌于中华大地上的长江、黄河。他想起以前坐轮渡涉江，第一次看到了长江，看到南方田野上的墨绿与陌上花开，波浪般地向他涌来……

家乡的运河，成了"一条大河"创作的原点。

循着运河的文脉，涛声滚雪处，常有历史的回响。浪花深处，正翻涌着运河人家的故事。

为运河奔走

杜庆生每次回济宁汶上县，必去南旺闸遗址看看。从南旺一村，走到南旺三村，沿着已经干沟般的大汶河河床，踽踽独行，脚步踩在野蒿草上，籁籁作响，他仿佛能听到大运河曾经流过南旺闸时，浪涌船浮的涛声。

走了一程又一程，过了一村又一村，他走了二十年。

杜庆生是"老三届"，凭着当年在济宁读书的功底，恢复高考后考上了大学。工作数十年后退休，他没有含饴弄孙，而是去筹备济宁运河文化研究会，欲将"运河之都"的文脉与盛景寻找回来。

有一个夜晚，他从书柜里翻出《史记》，拭去岁月之尘，抚摩良久，觉得太史公的笔尖，藏着中国运河的密码："荥阳下引河东南为鸿沟，以通宋、郑、陈、蔡、曹、卫，与济、汝、淮、泗会……于齐，则通菑、济之间。"

这令杜庆生很兴奋，"于齐"，这个字眼，定音之锤落到了齐鲁大地。可是菑、济之间，隔着一座泰山，如何通渠？这都藏着一个个历史之谜呀。

自那以后，杜庆生燃起了对运河的兴趣。他沿着古运河实地徒步考察，边读书，边行走，边做田野调查，硬是把自己学成了运河专家。

春秋战国时期，吴国开凿邗沟，连接长江与淮河，成为大运河的源起。隋开运河，贯通南北。元代又将大运河裁弯取直，两千七百公里缩短到一千七百多公里，其中济宁段仅为二百三十公里，却成为京杭大运河的中枢，可见济宁之重要。

在汶上任职那几年，每每路过古运河，在龙王庙旧址流连，杜庆生都有一种莫名的失落。樯橹白帆成梦，艄公的号子消失于云烟朦胧中。当年漕运的运河，水早已干涸，盛景不复哇！河床上，几头黄牛在河沟里啃草，白云悠悠，天地寂然。龙王庙前的石栏不在了，白帆桨声中的运河成了一个陈旧的梦……

就在那一刻，他心中暗暗发誓，要为保护大运河不遗余力，余生要看到南旺段运河重现水天一色！

大运河申遗时，杜庆生开始奔走，希望济宁段的南旺闸遗址——大运河昔日要塞也能一并入选。这事令他心急如焚，南旺闸曾是京杭大运河的"心脏"，是中国人水利智慧的结晶啊。

一番调研后，他把心中澎湃的情感化为理性的分析，以运河专家的名义，给南水北调委员会办公室写了一封信，并寄到国家信访局。半个月后，回复来了，说建议很好，感谢他。

2014年6月，在联合国教科文组织第三十八届世界遗产委员会会议上，中国大运河申遗成功，南旺闸位列其中。杜庆生喜极而泣！

后来，文物专家罗哲文来调研，杜庆生带罗老到南旺龙王庙遗址前参观，站在小汶河、大汶河的交汇处，罗老感叹道："奇迹！南旺是大运河的水脊，葛洲坝、三峡过船设计，都受到过南旺闸的启示和影响啊。"

罗哲文提议在龙王庙前运河遗址进行考古发掘，果然有了重大发现。随后，大运河南旺枢纽博物馆在一旁新建起来。

那日下午，杜庆生专门带我行走于古运河边，领略中国人治水行舟的智慧，看南旺闸遗迹，感受南北文化交汇的温婉与雄风。走着走着，我的眼前仿佛有无数铁船犁过运河水道，心中生出今夕何夕的嗟叹：运河，人类文明的伟大工程啊！

家乡的地龙宴

古运河离刘全军的家，只有二百米。

刘家祖屋坐落在小汶河西岸，推开小院的门，便可看到一条废弃的古运河。从蹒跚学步起，刘全军就在露底的运河埝上玩耍。

　　那时，曾祖父刘步旺喜欢坐在运河边的老柳树下，观日出日落，给刘全军讲运河的往事。曾经，运河水很清，小汶河从南向北流过南旺三村，而大汶河裁弯取直，一河碧水向西流，往龙王庙前的岔河口涌来，小汶河行舟的水量陡涨。南来北往的木船很多，桅杆上挂着白帆。等蓄水闸的河水满了，船只再往济宁城或微山湖方向行驶，十分风光！

　　后来有专家建议修位山枢纽工程，截断了大汶河水流，南旺镇运河的分水枢纽从此断流。河水在刘全军的视野里一天天变老、变丑，最后成了一条干沟。

　　曾祖父讲的运河往事，成了刘全军童年的回忆。他觉得自己的血脉与梦想，皆与运河之水息息相关。

　　1994 年，刘全军报考了济宁烹饪学校，毕业后，又转至南京的职业学院，拿到了全国厨师长上岗证，成为济宁市有名的大厨。

　　2004 年除夕，刘全军给餐厅做完最后一桌年夜饭，摘下高高的厨师帽，脱下工作服，对经理说："春节后开张，您再请一位大厨吧。"

　　"全军，说啥哩？"

　　"我想辞职。"

　　"找到下家啦？我这儿待您不薄哇，您可是济宁城薪水最高的厨师长啊！"经理挽留他，近乎苦口婆心。

　　"没找下家。我想回南旺镇老家，自己做餐饮。"刘全军道出了真相。

　　经理不解，南旺镇距济宁城六十多公里，离汶上县城也十多公里，穷乡僻壤，做一桌大菜，卖给谁吃呀？

　　"我不想做高级的大菜，而是做农家精品菜——地龙宴！"

　　"泥鳅？"

　　"对！运河里的野生黄板鳅。"刘全军露出了笑容。

经理摇了摇头说，大材小用了呀！

那个除夕夜，济宁城鞭炮声四起，烟花的绚烂与华丽，映照着太白楼下的古运河与竹竿巷。刘全军骑着摩托回家，沐浴在夜风中。风吹在脸上，多少还有一丝冬季的凛冽，吹得刘全军格外清醒，他没有与这座古城、这条运河一样睡去。

小汶河的水干涸了，不再流经南旺三村，可是新凿运河依然可以浇灌，种出稻菽千重浪，与古运河的印迹共舞。

收起了金字招牌，回到运河边上的村庄，去做泥鳅宴，独自创业。那一年，刘全军刚二十六岁，觉得一切都可以从头开始。

其实，刘全军早就把市场调查了一番，无论春夏秋冬，运河和大汶河里长着不少野生泥鳅，当地俗称"地龙"，野生储量不少。且离南旺三村不远的三里堡、四里闸，一天能供三四十斤地龙，收购价在每斤三十五元，做好了，一斤可以卖七十元，稳赚不赔。这样做餐饮，何乐而不为呢？

回到老家，安安心心过了一个大年。正月十五一过，刘全军就张罗装修的事了，将祖上小院拿出来，开了一家饭店。

父亲不解，放着济宁城的大厨不干，为何要守在村里开饭店，亏了怎么办？

刘全军向父亲耐心地解释："祖爷爷就守着古运河，我为何不将运河的水运和血脉继承下来，发扬光大呢？"

运河的地龙，又叫黄板鳅，圆圆的，长得肥，黑背，黄腹，是"水中的人参"。但过去卖不起价，也不为食客接受，是因为做得不好吃，土腥味太重。其实以刘全军的厨艺与经验，去土腥味并不困难。野生黄板鳅送到后，只要放在清水里吐泥一天一夜，四个小时一换水，换三次清水，肚子里的脏东西就吐干净了，土腥味消失。做地龙宴时，就讲究原汁原味，油一热，黄板鳅活着下锅，然后，撒一把大葱、姜和花椒，加一勺黄酱，焖上一刻钟即可，味香滑润，如海参入口。越新鲜，越好吃。

刘全军便这样专做精品家常菜，以野生地龙为主，配之黄鳝等乡村宴。果然，自家的饭店背靠古运河之畔，一夜之间声名鹊起，开张不久，便顾客盈门。乡亲们都冲着他的地龙而来，一年下来，可以收入三四十万元。

更幸运的是，随着八省市大运河联合申遗成功，古运河河道受到关注。来参观和游览的人络绎不绝，也成了刘全军家饭店的最大客源。

刘全军因运河而生，因南旺而旺，成了古运河文化创新的受益者。

兄弟船，夫妻船

一条运河水，转至十七公里旧河道里，便往梁山港驶去。将入港湾，河道遽然宽阔起来，水道足足有四五百米宽，满建波的心情也随之透亮起来。

他驾着鲁枣庄号，靠到泊位上，抛锚。妻子李大青跳上船坞，拉着缆绳，将船拴稳，准备装煤。

昨晚，接到港航公司指令，让他的船泊梁山港码头，装满一船煤，运至东平港。他的船载重量为一千吨，随时听候港务调度的命令。

这是一个短航程，三两天可以往返，对于船家，算是一桩轻松活儿。出梁山港，首站是济宁，然后过邓楼船闸，走京杭大运河，过八里湾船闸，进东平湖，湖面在船尾退却，东平港就到了。假如从东平走小清河，就可以出海。

出海！大海对于在运河船上长大的满建波来说，充满了诱惑。"村里不少船长现在都在换船，把河运船换成海运船，要去跑海运呢。"向我谈及这些时，满建波眼神如炬，满是羡慕。

梁山港建成后，满建波和哥哥都与济宁能源发展集团旗下的一家公司签了合同。哥哥驾的是一千五百吨的船，他驾的是一千吨的船，是台儿庄造的。

两艘都是夫妻船。满建波当船长，妻子李大青当大副。哥哥和嫂子亦然。没跑多久，时逢梁山港落成，背靠港航集团，货源有了保证。他们兄弟沿着古运河这条黄金水道，来回跑。开始那两年生意好，真赚了一个盆满钵满。后来，柴油涨价了，从每吨三千五百元飙升至九千元，因为运价不变，一船运煤费也就五万元，扣除过闸费和油钱，一趟仅剩一万多元。

哥哥嫌利薄，转身上岸，去造大船跑海运了。那一刻，满建波心里很不是滋味，望着运河，一阵怅然。

满建波的老家在微山县刘庄镇马口二村，就坐落在京杭大运河的水道上。小时候，听惯了艄公的号子，也见过片片白帆，直遮云天。

满家祖祖辈辈都做渔人，爷爷打鱼，奶奶相随。爸爸开木船、水泥船，运砂石料，妈妈相随。满建波的童年、少年都在运河船上度过，妈妈用一根缆绳拴着他的腰，怕他坠入运河里。八岁离船读书，后来去了青岛黄海学院读中专。毕业时，爸爸不由分说，独自下船，让兄弟俩顶班，哥哥当了船长，他成了水手。父子船变成了兄弟船。

上船前，爸爸赠他一句话："船上只有船长与水手，没有兄弟哥们儿。运河上，一切都听船长指挥。哥哥咋说你咋办。"满建波点了点头。

跟了哥哥十年，大哥教会了他船上的一切船务：运河里如何行船，微山湖上如何避让，到码头时如何靠岸，装船时不能离岸……水上生活，十载青春岁月，一望无际的苍茫，他与运河之水建立了家人一般的感情。

后来，哥哥娶妻下船了。满建波去台儿庄建船闸，认识了李大青。彼时，她在青岛一家服装厂打工。一座岛城，栈桥往事如烟雨，拉近两颗年轻的心。归来吧，娶你上船去当船嫂，像哥哥一样，满建波也驾着一艘夫妻船，"驰骋"古运河。

夫妻双双驾船渡运河。行船时，夫妻之间，只有温柔的水浪。

"吵过架吗?"我问满建波。

满建波摇头，说："江河之间，行船人家最忌夫妻唱别别腔，须夫唱妻随，才能满载而归。"

"没有红过脸吗?"

"哪能没有一点儿矛盾，牙齿和舌头挨得那么近，有时也会互相咬到哇。"满建波感叹，到码头泊船，他驾船停靠，妻子抛缆绳时，风大，听不见，他声音大了一点，妻子以为在骂她，泪水哗地出来了，弄得他后悔连连。

古运河上，一年里十一个月都在船上，孩子留给了爷爷奶奶，一年难得见几面。返航时，路过老家村子，将船停在服务区，坐交通船回村，住一个晚上。次日，微山湖上晨曦浮冉，从湖面上跃了出来，夫妻双双又踏上新的航程。

"这是美丽的祖国，是我生长的地方……"当年乔羽写下的经典歌词，早已传唱大江南北。如今，这歌声又在乔羽的故乡响了起来，在满建波的船上响了起来。

屏息静气听。旷野无风，河堤上荆棘葳蕤，芳草萋萋连天涌。其实，这就是运河人家的普通日子。天空上，一对沙鸥，一群江鸥，古运河上，驶过一艘艘父子船、兄弟船、夫妻船，追着沙鸥的啼鸣而去。

一条大河波浪宽!

记忆像米轨一样长

归　来

西南联大旧址，离他老家昆明城东大板桥仅二十六公里。于他，却隔着六十余个年轮。他心存惶恐，一直不敢去拜谒。西南联大学府当年高人云集，韵士风流，一代大师环昆明城郭而住，上课时，或西、或北、或东而来。有骑马者，如周公培源；有步行者，像沈从文先生过集市，不时在地摊上捡漏。北国已是寒冬，昆明天呈瓦蓝，东风起，碧水落彩云，梳裹尽无限风流。如果不是天空掠过日本轰炸机，或会让人疑惑今夕何夕，岁月静好。

他少年、中年、壮年，一次次登临圆通山，西北望，烟树楼台，西南联大隐于红尘中。滇池二月天，迎春、海棠、樱花怒放，一片红云落于圆通寺大雄宝殿上，风铎裂帛，划破岁月的宁静。"苹香波暖泛云津，渔枻樵歌曲水滨。天气常如二三月，花枝不断四时春。"明代状元杨升庵的诗涌入脑际，庙堂依旧在，故人早已四散。诸公游春，可是他却不忍向大师之魂投去一瞥。

忍将功名苦苍生，却步久矣。那天，他飞回昆明，与作家同行重走西南联大之路，这一程采风，终是躲不过去了。从板桥人家入城，至西南联大，二十六公里，他却走了戎马半生，解甲归来时，鬓染霜雪。放眼看过去，儿时记忆中，故园十里稻香，几载秋风掠过。

多少年了，他一直在想，吴有训、周培源、梁思成、林徽因、陈岱孙、闻一多、李公朴，还有郭永怀、邓稼先、林家翘等一批才俊，是如何从幽燕之城，一步步走向云南的。

天空半阴半晴，夏雨欲来。延搁大半生，终于驶向西南联大纪念馆。在那些故纸旧照中，他俯首细看，默默寻找他们走向云南的屐痕。

遥想当年，国将不国，南京失守，武汉吃紧，长沙危急，唯有南渡，一路向南。闻一多与步行团的师生，涉江，过三湘四水，出楚地，翻越雪峰山，向着云贵高原跋涉而来。而更多的人，则是从长沙辗转到广州、香港，登船，从海上驶往越南海防港，再换乘滇越铁路的小火车，往昆明驰去。

纪念馆里，穿过纸张发黄的岁月，恍若隔世。终于，走到了两弹一星元勋郭永怀面前。一座中华先贤祠，他心中挥之不忘两个人，一位邓稼先，另一位就是郭永怀。共和国倚天长剑奠基石呀！一张发黄的研究生入学登记表，填于 1938 年 10 月，一寸免冠照上，玻璃镜片后的那双眼睛，如秋潭清澈澄明。他的心被猛然一撞，俯身于展台，凝视着，交流着，互动着，似乎要将远逝的岁月，从那双深井般的眼睛里打捞出来。

考上北京大学物理系研究生那一年，郭永怀二十七岁。国破山河碎，浩浩神州，放不下一张课桌。郭永怀不在步行的队伍里，他跟着师生南行，千里漂泊，到彩云之南，寻找一张课桌。

乡 愁

大师们来西南联大，除步行者，多经滇越铁路坐小火车而来。法国当年修的小火车道，纵贯哀牢山，成为西极美陲云南走向海洋的一个重要通道，也为云南留下了一页斑驳的历史场景。他少年时代，曾追风而去，亦在这蜿蜒的米轨上，滑翔梦的双翼。

他有一种化不去的小火车情结，深深烙印着少年的乡愁与记忆。

板桥古镇的南边坝子，横过一条小火车道，相传为法国铁路工程师所建。后据考证，乃云南王龙云肇始建造，他要仿制滇越铁路，修一条米轨至昭通，某一天衣锦还乡，可以坐小火车回昭阳。可是连年征战，财力不足，修至曲靖沾益，便搁置了。这昆明开往沾益的小火车，在大板桥有一站，站点就在彝人阿依村旁边，离他家不过两里地耳。

列车东行，米轨逶迤。过宝象河时，因水流湍急，在河上建筑一座大花桥。石墩砌桥，两边引桥加中间四个石墩，巍巍壮观乎，深嵌他童年记忆里。五六岁的他随表姐去河中游泳，落入河床旋涡里，呛过一回水。吓坏了表姐，让他在河滩上晒太阳，缓过神来，他蹒跚向南，寻至铁路桥石墩下，仰望米轨。桥墩好高哇，像白袍武士，钢梁横亘，钢梁之上，小火车跨越而过。每个圆圆的铆钉，犹如记忆之结，记忆如轨道一样长，入云间。一名小童站在石桥墩间，显得好矮哟，宛如小矮人与金刚之比对。及至学童，他可以走上大花桥，鸟瞰铁道桥和宝象河，仍有眩晕感，提心吊胆行走在双轨木板上，最怕小火车突然驶来，唯有桥上花栏可躲避。列车驶过的瞬间，地动山摇，桥颤水湍。

他的第一次小火车之旅，在十岁那年的国庆前夜。听说庆祝中华人民共和国成立二十周年，昆明检阅台大游行，他想去看彩车驶过。邻家十五岁大哥孙勇，带上他及另外两名少年入昆明看国庆游行。口袋里没有一个钢镚儿，他们计划扒火车。从古驿大板桥出发，走到西边阿依村小火车站。站在米轨间，等拉货、拉牛羊的小火车驶来，停稳加水时，迅速抓住黑色车皮梯形抓手，艰难往上爬。他个子小，越往上走，越是脚抖心慌。邻家大哥转身，拽住他的小手，一步一步拉着他往上走，最终爬到火车顶篷。那是两翻水的篷顶，三四十度斜面。小火车一声长鸣，缓缓启动，向昆明城方向驶去，颇像与小火车并行流淌的宝象河水。

列车驰骋，宝象河在走，天上的流云在飘。起初，他很害怕，怕坐不稳，一骨碌滚下去，紧紧攥住邻家大哥的手。西行列车，向昆明城郭驶去，车走，天上的云也在走。云上的日子，他发现小火车的顶篷，变成一只巨大的鲲鹏，展开黑色翅膀。

从黑土凹下车，沿一条路走进南屏街。晚上露宿街头，四人蜷缩在南屏电影院门口，坐地等天晓。那个漫长秋夜，时间仿佛停止了。他们枯坐于南屏街的寒夜里，抱团取暖，度过了一个不眠的秋夜。

南屏街两边站满了人，却迟迟未见国庆游行队伍走过来。他穿梭于人群里，昆明城冷漠地拒绝了他。傍晚，依旧走回黑土凹，爬上小火车返回大板桥。金马坊、状元楼在身后渐行渐远，蓦然回首间，他觉得，昆明城郭并不属于自己。

或许因为这段儿时经历，他心中有个梦想：某一天，能够背上双肩包，徒步走过停运的滇越铁路，沿着米轨，从昆明走到河口，为滇越铁路和刚开通的中老铁路写一部书，书名就叫《春城万象》。

入 梦

是罗布泊东方巨响的余波未散？还是瀚海风掠，抑或是滇池水花拍岸？一梦到了西极美地，众神列列，皆为师表，背影就在正前方，渐行渐远，落成青山夕照，褪色为西南联大纪念馆的一组老照片。

入夏了，衔梦的红嘴鸥飞回贝加尔湖，他亦北回幽燕。梦里不知身是客，北京秋浓，可是复兴门下的清晨仍有几分燠热。晓色中，背上出汗了，窗外鸟儿在叫。沙鸥梦影，魂归何处，自然是中国科学院力学研究所办公楼下的翠柏苍松间。郭永怀、李佩夫妇合葬墓就坐落于北四环边上，车喧人攘，红尘难离，英魂未走远。

他想去为郭永怀扫墓。

那天，向北四环中国科学院力学研究所驶去，过阜成门，左拐，他一直观察马路两边，望尽秋水无觅处，四十分钟车程，仍不见一个花店。无花则不祭人。在力学所大门前下车，手机搜索花店，离此地八百米。步行，原路返回，过北四环，再左拐，终于找到一家小花店。天遂人意，丹心一瓣敬英雄，买了黄玫瑰、香水百合和满天星。再返至中国科学院力学研究所，北京秋空阴沉沉的，西山冷云摧城，天公欲垂泪。恰与那天他在西南联大旧址的天气一模一样。天若有情亦挥泪，哭一位壮士，一对天上人间的神仙眷侣。

彼时，秋风起，傍晚天空再无青鸟盘旋。沙鸥梦断，一只远行，一只形单影只，叫声好凄清，只有那一辆疾驰的车驶过，连成一条人间天河，画出一条郭永怀入滇出滇的生命轨迹。

记忆像米轨一样长。郭永怀在西南联大读研究生期间，满打满算，也就两年光景。因为英年早逝，未给西南联大留下只言片语。仅有一张褪色发黄的入学登记表，镶着一双如云南天空一样明亮的眼睛。

1939 年夏天，郭永怀参加了中英庚子赔款基金会留学生招生考试，在三千多名参考者中，力学专业只招一名，竞争激烈。郭永怀与钱伟长以超过三百五十分的相同分数名列第一。老师吴大猷、周培源出面，与欧美诸国大学协调，郭永怀入加拿大多伦多大学。1940 年夏天，郭永怀依旧坐上小火车，出云南，到越南海防上船，朝大洋彼岸驶去。

加拿大多伦多港上岸，郭永怀先在多伦多大学应用数学系学习。后来，又到美国加州理工学院，成为世界著名气体力学大师冯·卡门的弟子，和钱学森成为同门师兄弟。学习之余，钱学森最乐意亲自驾车，载着颇有几分书呆子气的师弟兜风，而擅长摄影的郭永怀则拿省吃俭用的钱，买了一台徕卡相机，为钱学森留影。郭永怀凭借《跨声速流动不连续解》的出色论文，获博士学位。冯·卡门大弟子威廉·西尔斯教授在康奈尔大学创办航空工程研究生院，邀请郭永怀去任教。钱学森亲自驾车，送他到康奈尔大学。彼时，他遇到了一生挚爱，当年西南联大的小师妹李佩。两人结婚、生女，康奈尔十年，是郭永怀最浪漫的时光。

1955 年，被美国海军次长金贝尔叫嚣着称为"抵得上五个海军陆战师"的钱学森，被幽禁五年后，回到祖国。次年，国庆节的前一天，郭永怀夫妇追随师兄的背影，朝着五星红旗升起的地方，归来。

中国时间开始了，千只凤鸟归巢。

英 魂

仁立力学研究所大门前，放眼看过去，一条中轴路，路分两个所，东为热物理研究所，西为力学研究所，时有年轻学子进进出出。进大门，向左，便是郭永怀夫妇的墓地。松柏梧桐树影中，他看到了郭永怀的汉白玉雕像。沿着花岗岩镶嵌的小径，一步步走近，轻轻地，他生怕自己的脚步声，惊扰了一个伟大的灵魂。

郭永怀埋在这里已经半个多世纪了。

中国核武器研制工作的开拓者和奠基者、著名核物理学家邓稼先罹患绝症，第一次，也是最后一次坐公家配的红旗车，驰过十里长街，环天安门广场一圈。摇下车窗玻璃，见广场上游人如织，他仰天嗟叹，对夫人许鹿希说，再过三十年，不知道还有人记得我们吗？

他记得他们。他的老首长李旭阁中将曾是中国首次核试验办公室主任，在罗布泊核试验场与邓稼先、郭永怀、王淦昌、彭桓武朝夕相处。他在首长麾下当小秘书时，曾经 N 次听过郭永怀的故事，尤其是生命最后一刻那壮烈的一幕，并写进了《原子弹日记》。

钱学森力荐，归国后的郭永怀被委以重任。他和钱学森、钱伟长等投身于刚组建的中国科学院力学研究所的科技领导工作。随后，我国将研制发射地球卫星提到议事日程上来，郭永怀负责人造地球卫星设计院的领导工作。1958 年 9 月，中国科技大学创立，郭永怀出任化学物理系首任系主任。随着核武器研制步伐加快，中央开始在青海进行试验，郭永怀经常辗转北京、青海等地，一个点上工作几个月，再飞向别的地方。

1968 年 12 月，在青海基地已整整待了两个多月的郭永怀，要将一组原子弹绝密试验数据带回北京。路经西宁时，郭永怀还特意叫杨家庄招待所女服务员跟他去百货商店，为在内蒙古插队的女儿买双棉鞋。塞外高原太冷，女儿写信给爸爸，希望他帮着买一双棉布鞋。郭永怀是位出色的科学家，却不是称职的爸爸，他根本不知道女儿穿多大码的鞋子。

棉鞋终究没有寄走，饮憾而去，今生再无法弥补。任凭郭永怀的力学算法多好，父女在人间已无交集。

　　傍晚抵兰州，郭永怀和警卫员牟东方登上一架小飞机。寒冬夜航，气流滚滚，颠簸得厉害，航程漫漫，凌晨时飞到首都夜空。飞机近地时，也许夜雾太大，能见度不高，小飞机突然失去平衡。夜鸟惊啸，小飞机歪歪斜斜，朝一公里外的农田歪斜扎下去，落入旷野。轰的一声巨响，飞机前舱碎裂，烈焰腾空，英雄涅槃火海。

　　接机的人赶至现场，救援人员拆开机舱后，发现壮烈一幕。两具尸体紧紧抱在一起，人们小心翼翼地将他们分开，发现是郭永怀与警卫员牟东方紧紧地搂在一起。郭永怀的公文包就夹在两人中间，里面的资料完好无损。在生命的最后一刻，郭永怀用血肉之躯保护了公文包。

　　这不是普通的公文包，里面装有绝密文件，记录了郭永怀在试验基地研究了两个多月的重要试验数据。

　　李佩坐夜车赶回北京。踏进家门时，小屋里挤满了人。见她进来，人们纷纷站了起来，茶几上，放着被烈火焚烧过的眼镜片和怀表。李佩身体倾斜了一下，灵魂坠落万丈冰谷……

　　命运多舛，岁月玄黄。

　　这一幕，李佩的外甥女袁和回忆，得知失事消息后，李佩没掉一滴眼泪。"姨妈一言未发，就站在阳台，久久望向远方……"

　　郭永怀牺牲二十二天后，中国第一颗热核导弹试验获得成功。"两弹一星"元勋中，郭永怀是唯一一位获得烈士称号的科学家。

　　郭永怀坐着滇越铁路上的米轨小火车走远了，一去就是五十多载。李佩亦然。丈夫走了四十九年之后，这位被誉为"中国应用语言学之母"、一生都在为教育事业而奋斗的老人，走完九十九岁的生命历程，与苍松翠柏中的丈夫相会。

　　将那束插着黄玫瑰、香水百合和满天星的鲜花，放在郭永怀雕像前，献上心香一瓣。他伫立在小径上，仿佛听到岁月深处传来小火车的鸣笛。郭永怀去世一年后，他十一岁，考入昆明第十七中学读书。第一个寒假，到宜良大荒田野营训练，去时坐的是小火车，半个月后返回，依然在大荒田月台候车。那晚小火车满员，学生们潮水般涌进小火车车厢，车中如插筷子，无座，宜良至昆明，不过七八十里地，小火车却走了一夜。小火车在老爷山盘旋，气喘吁吁，哧嗞哧嗞。他坐在大个子男同学腿上，从车窗眺望夜空，一条天河坠落人间。亮着车窗的小火车，仿佛融入无数人的生命之河。

今夜星光灿烂。英雄归来，辉煌记忆，如同滇越铁路上的米轨一样长！

北 魏 风

杜康酒中有魏晋

我不善饮酒，却喜微醺状，晕晕地，身游空溟，如临天阙。彼时作文、写书法，或妙语连珠，或天马行空，左右逢源也。于是乎，经文坛萧哥、胡姐姐作《我的兄弟叫徐剑》《徐剑印象》，雄文一出，皆沾酒气，我顿时成高阳酒徒，引得我之粉丝愤愤不平：徐剑不是这样的。我笑之不语。

忽一日，老友徐宏兄请我小聚，彼乃美食家，品酒、点菜皆高人也。是晚，彼提两种酒而来，一为十五年茅台，却为赖茅酒瓶所盛；一为杜康原浆酒，亦为茅台样白瓷瓶装，由黄绢扎口，上书"专供专家品鉴"。问我开哪瓶。我不假思索，脱口而出，当然十五年茅台也。徐宏心静如水，面无不悦之色，云："杜康原浆酒乃厂长所赠，醇厚甘洌，口感甚佳，三五两下去，从不打头，不输茅台也，盖有过之而无不及。"我笑之，谈及旧事，遥想当年，常入洛阳城公干，徐宏之老部队有一接待酒，是为杜康，二两装，外观为手雷状红瓷瓶，名曰"红炸弹"。我品之，此酒口感极差，又辣，三杯过后，便面若火烧，头痛欲裂，若无勇气，万难喝下一瓶"红炸弹"。我尝呷最后一口，几乎要当场喷出来。以后凡见杜康，便不屑，视为劣酒，从不再沾一口。徐宏听之，掩口笑也。彼知此"炸弹"乃杜康酒。

又过数月，我的散文集《玛吉阿米》出版，欲请中青社出版总监王寒柏、责编小凤雅聚。恰好，彼与我之文坛道友萧哥、瑜哥、宾堂兄、朱竞、雪涛皆熟，便凑在一起。忽想徐宏兄几次提及欲结识出版人，我更想品其杜康原浆酒，便邀其夜宴。其竟搬两箱杜康而来，雄镇我之哥们儿，长脸也。杜康倒入分酒器，唯见酒色发黄，碧浆挂杯，萧哥惊呼："好酒！好酒！"我不以为然，萧哥乃酒仙，嗜酒成性，朝云暮雨，早酒晚饮，每顿必喝一斤有余，味蕾受损，已良莠不分也。然，待酒香溢出，袅袅盈室，我亦不得不暗暗称奇，美酒也！

京畿之饮，群贤毕至，文人骚客流觞于桌上之转盘，推杯换盏，觥筹交错，把酒临风，犹如梦回魏晋。我喝了四五杯之多，略有微醺之状，却不见醉态。临别时，责编小凤惊呼，已喝五两也，从未有醉感。我等笑之，何以解忧，唯有杜康，尽踏歌而归。

是夜，我回家，趁着酒兴，摊开毡垫，铺陈宣纸，找出晋人王羲之瑰宝《洛神赋》——此系南唐澄心堂本集王字刻碑拓本——是为神品，临池挥毫，与古人对话，竟然有如神助，纵横走笔，翩跹而舞，飘逸临风之中，一股魏晋之风迎面拂来。

"对酒当歌，人生几何。譬如朝露，去日苦多。"魏晋之时，堪称乱世，故国分裂，三足鼎立，后短命王朝，你方唱罢我登台，侯门深深，高墙巍峨，环顾宇内，杀戮喋血。然，却是中国历史上继春秋战国之后，思想文化史上又一繁盛时期。建安七子、竹林七贤、钟繇、卫夫人、二王等先贤，经国文章独秀华夏，书法惊空横贯古今，于声色犬马、放浪形骸之中，仕子之狂推到极致，于朱门庭院、雕栏玉砌之中，贵族之气豪情天纵。或者是对生死存亡的哀伤、感慨和喟叹：人生若尘露，天道藐悠悠；或者是对建功立业的膜拜、追逐和长啸：烈士暮年，壮心不已。

我一女弟子，于朋友圈一睹我抄《洛神赋》，惊叹，魏晋美学达到了一个巅峰，总觉得出口话用歌吟，文人都是用气做的，戳个洞就虚无缥缈。我叹，到底是才女，此语甚妙。

而这一切癫狂之状，清高之气，皆因一剂瞬间点燃之液体燃料——杜康酒相助也。杜康酒中有魏晋。此乃中国最早之国酒，与贵族之气，与文人之雅相系，岂是后起之秀茅台可媲。

盛唐气象何处寻？

岁末年初，坊间有关唐宫戏《武媚娘传奇》播出低俗镜头之事，弄得纷纷扬扬，一时成为神州夜话，且被诟病甚多。而受伤者又岂止是官方和执业管理者。制作方为求所谓收视率，将唐宫当清宫，一代英主醉生梦死、心胸狭窄；处殿堂之高，文武群臣视野逼仄，皆胸无大志；居江湖之远，文人侠客竟胸无点墨，乏英武雄起。令人不禁会问，此乃人才济济、文韬武略、励精图治、夜不闭户的贞观年代吗？此乃天朝国门洞开，海纳百川、万邦来朝、富甲九州的大唐帝国吗？此乃唐诗中国、楷书天下、反弹琵琶、胡曲闾巷、霓裳羽衣曲飘过歌坊的文化盛世吗？

坐于书案前，我万千喟然。电视剧风行中国三十载有余，作为俗文化，曾一度有取代阅读之势，然，乍似风光，其实早已式微。众多家制作者为取悦市场，赚到大钱，机关算尽，阴招迭出，终于有一天，激情委顿了，精神之树碧叶零落，一地黄花，步入穷途末路，以至于解构历史，虚无昨天，用时代意见替代历史意见，以当下意识解构人性原说，将一股维系大中华五千年文明的血脉，抹成了一团浊流，不时便有黑潮惊现。

这就是代表中国文明至尊之境的盛唐王朝吗？一千五百年过矣，我之脑际突然冒出一句词："西风残照，汉家陵阙。"是为谪仙太白，酒醉长安之后，跃身上马，出朱雀大道，策马秦皇驰道，兀立旷野，微醺之中，看苍山如血，陵阙独孤，吟出了华语最精致唯美之感伤绝唱，堪称登峰造极之作。

汉风掠过，唐韵何处寻？李家江山已殁，大唐陵阙犹在。长安城、太极殿、大明宫，巍然城郭，嵯峨宫阙，一如李太白所吟，早已付于一炬兵燹，在满地遍是黄金甲的咆哮中，于满天烟火的焚烧中，幼主仓皇辞宫娥，满庭皇孙东躲西藏，终丧命血腥，埋于黄沙之中。然，当下仍可从盛唐遗落的文化源流、余脉之中，处处寻到大唐余韵。

君知否，盛唐王朝，活在石雕上。我花甲之年阳春、金秋之季，两度入洛阳城，驱车赴龙门石窟，拾级而上，曾经之大唐，虽大多埋于伊水、洛水之下，却有一个帝国的骨骼和标本，矗立于伊水出峡谷处的奉先寺里，此乃一代女皇武则天的雕像，褒衣博带，高鼻大耳，眼里笑容宛若白云一样美，雍容淡定，春风大雅，不以物喜，不以己悲，这便是大唐之睿眸，有一种海纳百川的胸襟，有一种谈笑天下的从容，更有一种清泉石上流的禅意。然，为何会被其不肖子孙，当作一个祸乱朝纲者来看待。我百思不解也，当我连流于卢舍那大佛的香脚下，仰首大佛之面，彼那神秘一笑，在预示什么，又追求什么？其本身便是一个千古之谜，那历史密码，我惊然悟到了，可惜这世上，真没有几个人能读懂。

君可知，盛世中国活在唐诗里。蓦然回首，大唐诗人虽有豪放婉约之分，纵有边塞田园闲适之作，然，无论七绝圣手王昌龄"青海长云暗雪山"，抑或王勃之"大漠孤烟直，长河落日圆"，抑或李太白之"噫吁嚱，危乎高哉……蜀道之难，难于上青天"，仍然掺有李商隐朦胧诗的烟雨，糅杂着白居易"浔阳江头夜送客"的童叟皆吟的平白，更荡漾着杜枚"停车坐爱枫林晚，霜叶红于二月花"的秋兴。大唐之中国，盛世王朝，活在牙牙学语的那一首首唐诗里，活在平平仄仄仄平平的规矩与洒脱之中。

君可知，大唐气象活在书法中。中国传统之毛笔书写，到了大唐年代，从意象上上承天心，下接地气。文人墨客皆以东晋二王父子为开山之宗，于童子功之书写中，输入了一种与生俱来的贵族气，输入了八面来风的大唐气魄。于是乎，朝堂之上，便有了顶天立地的气魄。因了这种气魄，横撇竖捺之中，一点一画之中，藏锋、显锋、中锋尽现，一纸写就，结字中透着颜真卿追求唐人肥胖之美的圆润与阔大；褚遂良奉太宗之命临写《雁塔圣教序》的飘逸与潇洒；柳公权在四方之间，一刀一撇、一横一折、一点一弯钩，高山滚石的大气磅礴；欧阳询于小楷的完美书写中，将正书推向极致之美。一如唐诗乃中国文学的高峰一样，唐楷亦为中国书法的又一座巅峰之态。

如是观，大唐气象何处寻，寻于尔等身边，活在少时的背诵与阅读里，活在跟随母亲的跪拜与焚香之中，更活在每个中国人的书写里。

大唐气象，其实藏在每个自信的中国人的心中。

斯楼无魂

我以为，凡天下名楼皆有魂。其魂，或文化、或精神、或名流、或事件、或诗词、或歌赋、或名文，一经岁月之浸泡，历久不衰，便获永生。彼时，美轮美奂之建筑，不再是凝固不变的匠人心血，而有一种文化温度氤氲于中，有一股历史血脉徜徉其中。岳阳楼如是，黄鹤楼，滕王阁如是，鹳雀楼亦然。

此四大名楼，在历代文人墨客乃至寻常百姓心中，已被神化为心灵之故乡。无形之中，不论侯门贵族，抑或寻常百姓，皆在四大名楼前达成一种共识：不登岳阳楼者，不知胸襟之阔大；不登黄鹤楼者，不知一江衣带，西东之悠远；不登滕王阁者，不知落霞孤鹜、秋水长天之诗意。此三楼与一条大江相邻，其胸襟辽远与诗意，皆溅着沧浪之水。唯有一座鹳雀楼，则远在大河之上，以"欲穷千里目，更上一层楼"的生命、哲学的高度与意向，独冠群楼。

然，鹳雀楼今安在？经历千载，数度兵燹，彼早已消失于历史之风尘里。我浪迹神州，壮游天下，少年登黄鹤楼，观感龟蛇锁大江，远眺晴川历历，汉阳树簇簇犹存；而立之年登岳阳楼，凭栏远眺，叹洞庭浩浩汤汤，江阔云低，芦荻悠悠，断鸿声声唤东风，寻一个不以物喜、不以己悲之心境；不惑之年登滕王阁，赣水东逝，洪都故郡，已换了人间，虽落霞犹在，孤鹜早已飞远，秋水长天之中，却见高楼大厦林立，诗性淹于水沫。

21 世纪初临，我闻鹳雀楼重建开放，激动不已。人间四大名楼，独缺与鹳雀楼相晤、相亲。然，鹳雀楼所在之永济，古称蒲州城，春秋以降，直至盛唐，便是中国黄河流域文化盛景主场，与甘肃陇右之地、陕西韩城一隅，皆在当年秦皇驰道陇右道之上，砺带山河，襟连长安。遥想当年，书生戍边，剑指安西，仕子秋闱，西望长安，演绎了多少秋风铁马，夜卧冰河之悲怆，又有几多晓风残月，堪称中华文明之三大风水宝地，不可不观也。

为览鹳雀楼，我准备多载，做足案头工作，只待壮年登临。是日，洛阳城牡丹凋零，熙来攘往之观花人潮退却。我来东都公干，时逢周末，傍晚，乘高铁去三门峡，一梦千载，三十分钟车程便抵当年虢国城郭。时至黄昏，暮色泛起，却遇晚春之雨，淅淅沥沥下了一个长夜。微醺之时，枕着一条大河东去，遥看虢国夫人驱赶四乘骑之铜车马游春，襟衣袂袖，红粉佳丽，汗血宝马狂奔，两侧青山如黛，胜似画卷。

听听那冷雨，一夜滴至天明。少年滴至壮年，冷冷清清。梦醒时分，该去看鹳雀楼了。过三门峡大桥，黄河对岸便是临汾辖地。抵近之时，却发现公路上停泊数公里长的大型卡车，因永济山里有雨雾，禁止通行。可窥这场陕甘高原之春雨，贵如甘霖，下得正逢其时。然，对于我等游鹳雀楼者，惨也。

拉开车门，冷雨袭来，单衣难抵倒春寒凉。挤到电瓶车上，并无挡雨之物，半身湿透，冷风一吹，身上瑟瑟发抖。车停处，离鹳雀楼仍有三四百米，宽敞广场，大而无挡，几无景观。据导游称，新修葺鹳雀楼砸了将近一个亿，我雨中仰望，钢筋水泥骨骼支撑之巍峨，倒映地上积雨之中，或明或暗，一片朦胧。近抵石阶之上，楼正前方最高处悬挂前国家领导人之题匾，蓝底金字，仿清宫之匾，欲借此透出一点王者之气。此乃王之涣登临之鹳雀楼吗？

我踏雨登斯楼也。方知为观黄河之澜，在原址之上往黄河边挪了数公里之远，也非原址重建。每人掏四元钱，乘坐电梯升至六层，伫立于走廊上，东眺中条山，西望华山，九曲黄河绕楼而过。斯时，烟雨苍茫，春风凛然，登临而不可凭栏兮，唯有匆匆离去。王之涣之"白日依山尽"旧景不再，"黄河入海流"浑成铜汁汤汤，"欲穷千里目"被烟霭遮蔽，"更上一层楼"仅剩一个美好期盼。当下，历史之蒲州城、中州府，今天之永济市，已不再在繁华之都、通衢大道之上，鹳雀楼之冷清和凋零是一种历史必然。斥巨资重建的鹳雀楼，亦无一点文化之厚重与温馨，更无大唐气象。冷冰冰的水泥建筑，毫无一丝历史信息传递出来，淋雨而归，我寻找不到诗之意境与浪漫。

斯楼无魂也!

古丹道苦寒行

(一)

寒山瘦了,晚秋的红叶随风零落,喋血般的殷红,铺满山野,如春花般灿然。茜草侵古道,秋去也,冬来了,霜落空山。然,朔风将起时,我们往北太行最美的红叶景区青天河驶去,此地,素有摄影家天堂之誉。

昨晚于焦作宾馆里临小楷,夜未央,睡得亦晚,入梦乡不久,未曾贪欢,却被宾馆叫早。恍然看表,才六点半钟呢。晚睡的人最忌早起,愤愤然下楼,匆匆早餐,便登车往青龙河景区驶去。山一程,水一程,人又恍然入梦。梦卧冰河,古来征战几人还,唯见曹孟德骑一匹汗血宝马,盘马弯弓,高歌一曲,烈士暮年,壮心不已呀。随后,又梦游于十万亩竹海之中,寻一条古道,踏幽而去。往百家崖,向"竹林七贤"雅集的翠竹林,一步步走近。见嵇康、山涛、向秀、阮籍等诸君,大襟衲衣初解,袒胸露臂,或清癯如骨,或肥腴于胸,或放浪形骸,醉卧于石头上,晒着暖暖的秋阳。一旁则有美酒流觞,荷衣袂袖,脂粉飘香。小隐于山,多好。饮必有琴声山泉,吟终有红袖添香,对酒当歌,何不快哉!乐哉!

一觉醒来,车已经入山,青天河缠绕于前。焦作市作家协会主席韩达介绍道,青天河本是一条古道,道旁,河水清凌凌,绕山崖而过,从太行南麓上党之地流来,穿越北太行,流入沁阳境,最终泄入黄河。20世纪60年代中叶,博爱县军民大兴水利,修青天河水库,历时十六载。

犹如当年红旗渠壮士一样，以愚公移山之志，飞人于崖间，打眼放炮，风烟滚滚，为有牺牲多壮志，敢教青天河变水库。最多之时，五万多老百姓蛰居山涧，建筑大坝，二十八名博爱子弟成为烈士，青山埋骨，令人扼腕长叹。

不知不觉间，车行峡谷深处，公路迤逦，两侧秋山红栌雨润，一场秋雨一场凉。入靳家岭赏红叶，已过了季节，可是奔突于视野的风景，仍撞人眼球。万千崇山峻岭，连绵百里，嫣红尽染，一幅苍山如血的长卷哪。今日虽来去匆匆，不能坐索道登靳家岭看红叶，可是车窗两侧红叶风景，仍令人心醉。

车至青天河水库大堤，戛然停下。下湖边码头，换乘游船，往湖之尽头驶去！

青山遮不住。一湖秋水，两岸风光，游船犁浪而行，涟漪四溢，两岸空山碎片于碧波之中，阳光拂照湖面。秋山如丹，红尽远方，给人以海棠血色正浓的感觉，丹道、丹河、丹水，为何要以一种浓烈的中国红颜色示人？

约莫二十分钟，终于抵达了靳家岭索道下，上岸，与湖之南一侧迤逦而来的栈道相连，人往青天河上游款步而行。

我已经踏在一条古丹道上。

（二）

也是这样的早晨，铁衣渐凉的曹孟德醒了。是被巡弋青天河的野鸭嘎嘎叫醒？抑或被北太行的低温冻醒吧？梦里不知身是客，曹孟德揉了揉布满眼屎的双眼。昨晚太冷，吸了一夜的旱烟袋，劲太大，过烈，蘸着用身体焐热的冰块水滴研墨，挥毫书简，对酒赋歌，仍有一股强烈的历史文化信息，沉潜涵泳于魂魄之间。

古丹道，古丹河，流淌于上党与沁阳界，中间岿然一座太行山，像一条天然界河一样，将豫晋之地连缀却又隔绝开来。

彼时，曹公穿上铠甲，走出行营大帐。辕门前，旌旗猎猎，霜白一片。太阳刚刚升起，泗红山谷，于青天河上空浮冉沉落，朝阳如血，北岳如血呀。

杀戮太重兮！遥想当年，那是中国历史天空下最惊心动魄的时代吧，七雄逐鹿中原，大秦崛起，气吞八荒，席卷天下，一支虎狼之师同时对齐、楚、韩、魏、赵、燕等六国开战。公元前 267 年，秦相范雎雄睨天下，提出"远交近攻"之策，发起攻打韩国之战。于是，秦王剑锋划破太行山的天幕，留下一道道残阳般的血痕。拉开长平之战的序幕，经过上党归赵，尚能饭否的老将廉颇终可以与秦师坚壁对垒了。然，秦使反间计，使赵孝成王中途易帅，赵括乘胜追至秦壁，扎于今省冤谷，即青天河一带。山谷四周皆山，秦将白起早在此布了天罗地网，而赵括带大军由唯一可容车马的古丹道而入，渐入口袋之中。赵括不知，四十万大军挤于道上，车辚辚，马萧萧，乱成一片。进入秦军的伏击圈后，埋伏于两山之间的秦军突然鼓角铮鸣，利箭、乱石、圆木雨点般地落下，赵军顿时荒乱不堪，屡战不利，只好筑垒坚守。围困数日后，赵括打马向前，力争与白起一搏，可是被秦军一一射杀，四十万大军成为谷中之鳖，最终只好降于武安君白起，被诱入谷，一一坑杀。

血流成河，尸体填满青天河的峡谷哇，血水汩汩流下，一天将青天河染成血河。青天河故取名丹河。

朝阳浸染丹河，流淌的溪水分明在流血呀。曹孟德谨记这段历史，兵者，国之大事，死生之地，存亡之道，不可不察也。这样的乱世，遍地狼烟。一个叛将之乱，本不该由曹公亲征，可是麾下几位大将征战数载，却无功而返。按说，兵书警示，上兵伐谋，其次伐交，其次伐兵，其下攻城。可是此时曹孟德已无上策可取，唯有兵车辗过丹道，兵伐壶关城。

惊涛湍急，四处雄鬼长歌当哭？曹操茫然四顾，这里依旧骷髅垒成山哪。甚至曹公走过百年后，唐明皇路过此谷，仍见头颅如山，马蹄所过，皆踏白骨忠魂，俯仰之间，那骷髅眼里，长出如箭一般的野茅，怒目晴空，令人不忍目睹。他故命官员择山坡建骷髅庙一座，此庙分正殿和东西耳殿，将庙之山改为头颅山，更杀谷为省冤谷。

曹操踏在省冤谷里，独怆然而涕下，青山埋忠骨，古丹道上的尸骸如山，已经无法掩埋了。可怜青天河边骨，犹是洛阳城郭春闺梦里人哪。红粉泪尽，风雪无归人。人生几何，生命如草芥，譬如朝露，去日苦多，唯有对酒当歌罢了，罢了……曹操慷慨悲凉的咏叹，也许就是在古丹道上油然而生的。

（三）

古丹河，一片芦花白。岁月已逾数千年，晚秋的芦花，仿佛在为被坑杀的孤魂野鬼戴孝，一河芦荻悠悠，满山的黄栌摇曳，碧血千秋，丹色依旧，还映照着四十万赵军忠魂巡弋北岳吗？

那天上午，我们溯丹河而上，一脚踏在了古丹道之上。一大块，又一大块的石板，平整地铺陈于前，并与山崖相连，缓缓向上，拾级而上并没多远，道呈黛青色，蹄痕、车辙依稀犹在。千古如斯，赵国将士走过，曹公所率大军踏过，唐明皇巡幸三晋高平城，皇家的车辇碾过。那一道道历史车辙，那一圈圈岁月年轮，一道痕，一个坑，一朵朵云纹，仿佛都在低诉一段曾经的故事。终于，博爱县立的一块标识牌惊现于前，载道：

"丹道，又称丹径，为古时官道，系太行八陉之一，是历史上连接晋豫的重要军事通道。古时，丹道北通山西上党（今长治市），东接华北平原，南经孟津渡口进入伊洛平原，与古都洛阳相连。在丹河峡谷内，丹道长约 30 公里，现青天河风景区存有三段遗址，一处在天井关，一处在大泉湖西岸山崖上，另一处在北魏摩崖石刻附近。丹道于北魏永平元年（公元 508 年）十一月开始修建，至永平二年二月建成。用官兵四千人，历时九十天，曹操北上壶关（长治市），讨伐叛将高干，曾途经于此，并赋诗《苦寒行》。"

我听到曹孟德的汗血宝马响鼻了。一个乱世，生命如虹，竟又横空惊现中国历史上又一个百家争鸣时代。枭雄乱世，英才辈出，群贤皆择良木而栖。就在这片丹河谷中，曹孟德战马超之后，建安七子策马紧随其后，奔驰于古丹道之上。当曹公跃身下马，脱下战盔，位于军帐之中，痛饮一壶浊酒时，蘸着墨，挥动狼毫，在简帛上写下一副副汉隶，聚首于前、作歌相贺的竟是孔融、陈琳、王粲、徐干、阮瑀、应场、刘桢之流。那一行行魏骨尽透的汉隶，那一字字秀气渐显的钟繇小楷，纵笔之后，留下一篇篇经国文章。

硝烟散尽，血痕风干了，一切都寂静下来了，北岳好安静啊。是谁的蹄声又响，古丹道上，那大片的修竹之中，"竹林七贤"驰马掠过此道，避祸于此。建安式微，曹丕的魏国真的没活多久，便被司马氏篡位了。正始十年，出身焦作的山涛早已看出司马氏对曹魏的觊觎之心，感觉刀光剑影在头顶上舞动，风声鹤唳，生性胆怯的山涛颤抖了，司马昭磨刀霍霍已经叩响自家的门环了。若再在曹爽麾下做官，小命休矣。归去，趁着曹爽落败之前，辞官远遁，与嵇康、阮籍一起，纵游山水，混迹于沁阳竹林之间，结庐读书，闭门不出。或叫上向秀，躲到百家崖下的野村里，登山临水，夜醉不归。举世皆乱，唯我独醉了。醉生梦死也是一种生存之道，算是对这个乱世保持最大的沉默。

其实，在一个兵燹四起、易帜表态的年代，有时候，三缄其口，也是需要勇气的。

然，人年不惑，不能再装疯卖萌了。司马师指名道姓，山涛面前只有两条路，要么拜官做事，要么沿古丹道独行，入骷髅山做鬼去吧。山涛非常惜命，毕竟祖上与司马师家沾亲带故，那就入朝为官吧。对此，嵇康很不以为然，他与阮籍、刘伶对司马氏集团不屑一顾，死到临头了，仍不肯俯首称臣，还为政治立场，面对已经官至大鸿胪的山涛，一怒之下写就了《与山巨源绝交书》。"竹林七贤"从此拂袖而去，各奔东西，渐行渐远。毋庸说，嵇康此雄文一出，令后人对山涛多了一层鄙夷。可是有一天，当嵇康被打入大牢，行将秋绝时，他却将两个幼子托孤于政敌山涛，对儿子嵇绍道："有巨源在，汝不会孤独无靠。"此时的嵇康非常清醒，唯有山涛可以帮其养大孩子，而不至受到连坐。果然，嵇康没有看错人，被杀二十年后，嵇康双子长成，山涛荐举嵇绍为秘书丞，然后仰天长叹："为君思之久矣，天地四时，犹有消息，而况人乎？"可见，二十年间，他从未忘却过旧友。

古丹道为证，竹林七贤的高洁之谊，堪比太行之巍。先生之风，北岳仰止。正是北太行的浩然，将这群落拓不羁的文人收揽于怀，赋予山骨清气，此乃太行之幸，还是竹林七贤之幸呢？

（四）

正月里的北太行，奇冷无比。

披着裘衣的曹孟德望太行而生悲催之情。霜风徐徐，落雪无声，前方战事吃紧，却没有快马驿报传来。

壶关口，北魏大军会重蹈四十万赵军的覆辙，骷髅成山吗？建安十年十月，高干反了魏国，虎踞壶关口，而小北魏，欲称雄太行。曹操先后派李典、乐进、张燕修通了古丹道，兵锋直指壶关口，却久攻不下。已经烈士暮年的曹孟德只好领兵亲征。望太行兮而长太息，哀吾军旅兮漫天白霜，"蒹葭苍苍，白露为霜……道阻且长。溯游从之"，这首诗三百的国风，总是不时地掠过曹公脑际，令他诗兴大发了。极目之处，冷雪苍茫，丹道且长，兵燹过后，又有谁会血染丹河呢，生死之间，仅有一步之遥吗？

伫立于魏摩崖石刻之前，曹操坐于马背，对后边的卫兵喊道，拿酒来！一杯浊酒家千里，曹公仰天啸吟《苦寒行》：

北上太行山，艰哉何巍巍！
羊肠坂诘屈，车轮为之摧。
树木何萧瑟！北风声正悲。
熊罴对我蹲，虎豹夹路啼。
溪谷少人民，雪落何霏霏！
延颈长叹息，远行多所怀。
我心何怫郁？思欲一东归。
水深桥梁绝，中路正徘徊。
迷惑失故路，薄暮无宿栖。
行行日已远，人马同时饥。
担囊行取薪，斧冰持作糜。
悲彼东山诗，悠悠使我哀。

苦寒行，行于古丹道之上，透着一种魏晋风骨的无奈与苍凉，一代枭雄如此，那些普通的兵士呢？

时隔一千多年后，清代地理学家魏源考察古丹道，写道："自河内清化镇入谷，数十里，四山环亘，水竹村里奥旷，真盘古，自此逾羊肠坂九折，至天井关，则太行绝顶，天下之脊梁矣。"

太行巍巍，果然华夏之脊呀。古丹道之上，魏武挥鞭，那一记打马的响鞭早已远逝。风入松，铿锵过耳，那被坑杀的四十万赵军冤魂，还有那紧随曹孟德的铁骑呢，皆消失了，消弭于北太行的霜风落雪之中。唯有一首《苦寒行》活着，活在古丹道上，活在泱泱中华的青史断章里。

天马渐远

甲子年的天马，行色匆匆，走过四季，影没于暮色，在国人视野中渐行渐远。

然，极目天马于前方渐远，我心中天马情结不泯，英雄情结不死。

身为军人，我最喜战马，以为此乃一个英雄年代之符号，盖冷兵器时代的神器矣。天马横空出世，一朝踏云而来，或一骑绝尘，或盘马弯弓，或铁骑滚滚，或风尘万丈，简单就是一曲英雄的交响。遥想 13 世纪，被西方政治家称为蒙古骑兵的时代，成吉思汗马队沿山岭曲线，飘过大草原，马踏欧洲大地，风尘卷起，蹄声如雨点般落下，如鼓如咽，犹如一记黄钟大吕，叩响欧洲城堡的门环，震撼了人的心灵，也昭示着一个英雄时代的来临。但是，作为欧洲军事教官的蒙古骑兵，仍旧令整个欧罗巴人谈马色变，甚至以"黄祸"作喻，影响至今。然，到了 20 世纪初，战马使命终结了，渐次淡出战争舞台，从铁马冰河中骤然消失。军马场昭苏、山丹亦从军方易手，变成当地一个集生态、旅游和观光为一体的景点，不知这是战马的悲哀，还是人类的悲哀?!

抑或冥冥使然，马年之夏，我有幸，接踵西行，游牧大西北，流连于亚洲两个久负盛名的军马场昭苏、山丹。先入伊犁昭苏，此为大汉王朝时乌孙王国地界。是时，大汉帝国为匈奴所扰，皆因彼此之间兵力对比存在一个时代差，匈奴王单于拥有骑兵万千，而大汉多为步兵，一旦刀兵起，匈奴兵出祁连，犹如狂飙一样，越过秦、汉长城，掠夺安西、河湟一带。纵使臂力无敌、弯弓可射穿巨石的飞将军李广，也屡败于匈奴马下，落得一个冯唐易老、李广难封的悲怆之境。太史公千秋笔法，屡为李广、李陵喊冤、叫屈，暗讽汉武大帝近贵戚，远出生入死之飞将军。其实，一代英主亦很无奈，面对匈奴骑兵屡犯边境，汉武帝一筹莫展，只好出此下策：将亲侄女刘细君远嫁乌孙王，名曰和亲，换得战马万匹，并一起夹击匈奴王庭，并令张骞翻越天山夏塔，从大食国寻来汗血宝马。如今昭苏境内，仍有牧马十万，肥美者居多，大多沦为菜马。良种马寥寥，却多为赛马。皆一道盘中之餐，赏中之物也。

我伫于昭苏汗血宝马前，喟然感叹，惊为天马。遥想当年，汉武大帝得此汗血宝马，定为坐骑，跃身马背，便开始出手了。时李广已老，卫青、霍去病小将打先锋，率大汉铁骑，兵出祁连，与匈奴王单于对峙于山丹，决一死战。霍去病扎营之地，便是今日祁连北麓离匾渡口不远的霍城，铁马冰河，马嘶长云，这是一场何等壮观的天马大战，一万匹战马从祁连、焉支山雪崩般地流下来，蹄声惊雷，地球心脏被震碎了，祁连落雪，死寂的草原一阵战栗。激情、狂飙、剑戟、血潮，英雄与史诗由此诞生。匈奴单于败了，唱着忧伤的匈奴民歌，失我焉支山兮，消失于历史的风尘里。

我出兰新高铁隧道，穿祁连山腹地而过，驶出大、小平羌沟，远眺山丹军马场。大草原依然一片寂静，油菜花怒放，金色方块连绵天地，遗憾的是，再不见战马的狂奔与长啸，自秦汉以降的军马场一如远古，或者早已经死去。没有了天马腾空，没有了万马奔腾，自然就没有骑士的激情与传奇，这里变成一片死海，阔阔空空，天马渐远，英雄的故事和歌渐成稀音……

略附风雅

我从去岁"五一"长假始，突然迷上了中国书法，寻古人学书之路径，有米襄阳、王铎之书道可鉴。米、王楷书临颜真卿，行书临王羲之，循门而入，破门而出，皆成一代书法大家。我窥米王成功之道，皆因了一个"气"字了得。王右军生于乌衣巷中，王谢门第，乃东晋豪门，生于缨簪之族，长于钟鸣鼎食之家，堪称含着金汤匙长大，皆无衣食之忧。故少时启蒙，便临汉隶魏碑，稍长，行书又先学卫夫人，后专注于钟繇，鼎新变法，通会之际，人书俱老，终于达到中国行书之至尊之境，令万代景仰。颜真卿亦如是，出生于书香门第，进士入官，承接盛唐气象，故其书有大气沉雄之韵。而王羲之被选为东床驸马，却是带兵之人，官拜右将军。颜公虽官拜平原太守，安史之乱始，大唐境内，遍地兵燹，多座镇守使皆降，唯颜真卿筑高墙，与其侄拼死抵抗，遂被安禄山叛军团团围住，周遭唐军却按兵不动，见死不救，致颜公之侄被戮杀。然，金戈铁马，秋风雄关，壮士不可夺其志也、气也。盖王、颜二公书，承载王朝之大气也，后世难以望其项背。

书无百日功，终其大书法家一生，从少年习书起，皆在路上。我先临楷，开始一周，笔如烈马各朝四方而驰，不可驾驭也。然我兴趣正浓，每晚临四个小时，天天如此，一个月入门，两个月便有模有样，半载之后，便可示人。令我之朋友及粉丝惊叹不已，称我禀赋甚好，有家学渊源也。

其实不然。我掩嘴窃笑，书法家学不敢称，只是少时看得多矣。我之故里在昆明城郭之大板桥古驿也，徐家邻居，乃一远房大伯徐加祥，写得一手漂亮楷书，古遒沉雄，海风山骨。那时，每村每队、每家每户标语口号、革命对联，彼书丹也。我仅六七岁，伫立于侧，仰洋洋之大观也，领略中国书法之美。我问大伯："书法为何人所教？"大伯云："师钱南园也。"我再问："钱南园者，何方神圣也？"彼答："昆明县大板桥一甲人，大清帝国乾隆年间进士也。彼官至御史，书法俱佳，师承颜体，为民国小学之书法教程也。"

如此这般，我方知，我之故里大板桥，有文化书法源流也。待少年长成，初习描红，后临大伯之书，且当童子功。及至初、高中，得邻居家藏书明清小说，皆宣纸手抄本也。我欣羡不已，暗下决心有朝一日，我之狼毫小楷书写，当如斯。

随着学书渐深，我对中国书法之道统和法度亦略知一二。凡中国书法之大家，其一生经历，或为朝廷高官，或将军戍边，或文章大家。如唐之褚遂良、欧阳询、陆柬之、孙过庭之辈，宋之苏黄米蔡四大家，元之赵孟頫一枝独秀，明之董其昌、黄道周及贰臣王铎之流，因了高官之经历，文人出身，为官做人皆有大道，上承天心，下接地灵，故天地人合一，胸有大境，书有大气，书如其人，多写字高手也。

环顾当下，所谓中国书坛，书法家辈出，星空灿然，皆称书法之盛世也。然，以我对中国书法源流之大观，比之晋唐、宋元，乃至明清，当下能称为书法家者，寥寥也。所谓以大书法家自居者，不过写字匠耳，其身断绝国学，不通古文句读，不晓音律，诗歌之平仄对仗多被诟病，慢词、中堂对联，皆不擅长也。写书法时，多抄古诗词为乐，写古诗撰联，不尽人意，无律、无文、无心、无已、无魂也。然，一条书法之道，却行者匆匆，仅长安道上，某省书协改选，副主席竟有三十六人之多，多为退休高官，亦为末名文人，皆来朱雀大道凑热闹。名利场上，熙熙攘攘，不乏前仆后继者，究其原因，皆为利来也。

我学书一载，每晚临帖三四小时，多习晋唐先贤，渐入佳境。偶有朋友索墨宝，我惴惴然，羞于出手，婉拒也。皆答，五年之后再奉送。今年劳动节，我晒了一年临池学书之果，向众亲炫耀一番，众人称我之书露出中国书法道统和法度，令我惴惴。其实，我重在汇报，亦告亲们，书法者，文化人所备之器，古时之书札、信笺，乃精神交流之留存也，我之学书，并非附庸风雅，唯求临帖之时，全神贯注，心静于焉，以助文学创作，别无他求也。

梅　　童

1

那天晚上，在江南长城的古塔下，颁完首届朱自清文学奖，回到宾馆，已是夜深。获小说大奖的弋舟给他打电话，说兄，出去吃点烧烤吧。他因了当晚遇上美食，吃得有点撑，亦无食欲了。再者，从云南老家飞到台州临海，凌空时间长，落地后，又行车两个多小时，折腾了大半天，累了，故婉谢弋舟兄的盛情。然，翌日上午逛紫阳老街，见有老店卖台州饼，排了长长的队伍，且还限购，天下竟有这般美食，顾客熙攘往来，不吝排队等候。彼时，他对米其林餐厅之所以能够在此做大有所思，发现真正的美食高地是在临海县，背靠故乡好乘凉。米其林的高档与人间烟火相映成辉，令他对临海的美食顿生好感。次日采风，上午逛名胜，下午登茶山，他乔装采茶工，摘了半竹篓绿芽，最终却未喝上雨前绿茶，令他好生遗憾，悻悻而归。

摸黑到了宾馆，刚进屋，电话来了，催快点下楼，台州市作协主席金岳清请大家去吃夜宵，体验一下临海的人间烟火味，说这是东海禁海前吃海鲜最好的时节呀。恭敬不如从命，于是匆匆下楼，只见关仁山、陆健、舒洁和"地主"金岳清、张驰已站在大堂了，他急忙给刘琼女士打电话，请她快点下楼。三两分钟，人员到齐，差不多一个班，浩浩荡荡，向临海县中心地带开进。

2

黄鱼幼弟滑动也快，从浑浊的东海海底浮出水面。江南四月天，海水暖和了，时值桃花汛，春江花月夜，却道江南烟雨别春时，落花流水，春去也。春水入东海，引来鱼儿争渡，一个生鲜海底世界，好吃的东西太多。黄鱼七公子依次浮出深海，大黄鱼在前，小黄鱼、黄姑鱼居中，鮸鱼、毛鲿鱼、黄唇鱼紧随其后，黄鱼幼弟断后，皆属石首鱼科。大黄鱼领头，游动的翅膀呈三角翼，尾巴一摇就往上钻，小黄鱼也不甘落后。时而钻出水面，随波跳跃，掠过日本海，清波如镜啊。黄鱼幼弟居末尾，它头大，身子小，随洋流环游时，常将头仰得高高的，两只鱼眼炯炯，如雷达扇面一样，可观远方。蓦然回首，黄鱼幼弟看见它的身后，阳光如此灿烂，鱼族在后，那身金鳞太耀眼了，美可夺魂，引来不少追慕者。沧海渺渺，云水泱泱，黄鱼群里老幺太自恋这身鳞甲，遨游的身姿，仿佛东海龙王的小王子出宫呢，金甲闪闪，旌旗飘飘，虾兵蟹将紧随其后，一群又一群的鱼儿，巡弋东海，犹如一个巨大的军阵远征，随潮汐而舞。时而冲上波峰，时而跌落波谷，黄鱼幼弟连成一片，遮天蔽日，让天上的光线都透不下来。刹那间，大黄鱼跃到海平面。黄鱼家族，石首一科，皆游到了东海渔场。尽山将现，这是出日本海的最后一座山，又是入东海的第一座山，尽山前头，应该是嵊泗列岛了。它们随洋流而舞，追着蜉蝣，吃呀吃，好吃东西，何不吞噬而尽，这些美食鱼饵，都是从桃江流淌出来的，肥美哟。游到海江交汇处，方知海底下水太冷，泡得鱼鳞有点僵硬。该浮上水面了，季节生物钟告诉它们，此乃人间最美四月天，春阳高照，此时是东海正午时光。游上去，晒晒太阳，在海平面上吸吸氧、换换气。调整身姿，展开鱼翅，向上，垂直向上，往海平面游去，海水越来越浑，泥沙越来越多，可是蜉蝣亦越来越多。黄鱼幼弟张开大唇，鲸吞，似乎在赴一场天海之宴。追逐着蜉蝣，迅速捕捉，吞噬，噜噜的掳声四起，海水很静，一只又一只蜉蝣，成了黄鱼幼弟的口中餐。彼时，忽闻惊涛起，黄鱼家族的老大，大黄鱼遽尔惊跃，悬停海中央，欲跳龙门。天哪，哪里有龙门可跳，是鬼门关，一道天罗地网横亘于前，雄关难越呀。

是渔船发动机的轰鸣，丧钟已经敲响。可是黄鱼老幺一点儿也未警觉，游到了东海，机声隆隆，来来往往的客船、货轮、大集装箱驳船航行水道上，它早已经习惯了这一切。百舸争流，鱼翔浅底，越是危险的水道，越是鱼儿的乐园。最终难逃劫难，它们被一网打尽了。渔网恢恢，还有带鱼、白条、海蟹，皆网成一团。渔民收网了，上船，离开了水，黄鱼幼弟快要窒息，翻滚着，翻了白眼，太阳金光好刺眼，照着鱼鳞发白。它翻了一个身，大口喘息，无水养，晒着白肚皮，窒息，蜷曲，缩成了一团，堆成了一团，堆成一座鱼冢。命如游丝，急遽地跌落，坠入一条渔船。

3

灯火如河。他踏进了一条人世间的河流，临海县街衢灯火辉煌。时钟刚好指向晚上八点半，大街两边的人行道上，霓虹闪烁，人间的烟火味向他涌来，瞬间，像海浪一样淹没了他。徜徉于林荫道上，一侧尽是餐馆，马路对面，则是清一色的百货店铺。而他行走的一侧，多为小海鲜夜店。径直朝前走，人世间的烟火味，犹如夜的潮汐，朝他扑来。极目远眺，海鲜小馆一家连一家，房间里放有桌子，临街的门面前，露天也摆上几桌，有的客人已坐满，有的虚位以待。路人走过去，店主绝不会横于道中央，挡道拉客，而是让客人随意挑选，多为回头客闻味知返。他一直走在最前边，岳清兄紧随其后，彼乃本地人，说昨晚来过，有家小海鲜店价廉物美，显然早已选好待客之店。走过一条小街巷口，金岳清驻足道："就是这家啦，昨晚在此聚过，味道真不错。"彼时，一行人先后抵达，店家抬出一张桌子，摆于树下，他们挪过一摞圆凳，围桌而坐。岳清兄打电话让夫人前来作陪，俨然赴一场临海夜宴。张驰拿出兜里的白酒，酒斟满，夜未央，高朋雅聚林荫道上。他则点了两瓶冰啤，准备来一顿饕餮盛宴。一盘煮绿豆花生端上来，对饮成八人。

临街，大树底下好雅集，仰可望星空，俯可观烟火，街衢上的车子渐渐稀落，道寂无声，唯有夜市劝酒的喧声，成了临海春夜的奏鸣曲。桌上烈酒空了一瓶，张驰又开第二瓶，他举啤酒杯——相敬，小海鲜也占满餐桌。店家还在一盘盘往上摆，清蒸带鱼、白条、海蟹，水煮鲜虾，有的是吃过的，有的却是新识。那般鲜嫩、可口，与昨晚在新荣记宴会厅不分伯仲。原来在北上广大行其道的米其林餐厅，美食佳肴，源起临海县的小海鲜夜市，风起东海之水，是紫阳古街老味道的外溢与铺陈。

夜色一点点漫漶，天地皆静，甚至连车马喧也不见了。店家最后上了一盘清蒸小鱼儿，巴掌那么大，头很大，银色，身如玉，排列整整齐齐，他筷子一挑，顿时碎了，拿不起来。店主笑了，递上一把铁勺，说："吃此鱼，因太嫩，需勺与筷子配合，方挑得起来。"他遵命，接过小勺，与筷子联动，将盘中的小鱼儿轻轻挑起，放于盘里，用筷子夹开一半，入口即化，鲜嫩无比。他惊呼："这是什么鱼？还是第一次吃。"

"霉同?"张驰操一口安庆话,说得并不标准。"哪个霉,哪个同?"他追问一句。

"梅花的梅,童子的童。"张驰重复了一句。天哪,还有这般诗意的名字,梅花书童,惊为天人哪。

他开始凝眸这盘鱼儿,退却了人间俗气,与食色隔起了一铁蒺藜,给了他无尽的想象。

4

梅童说,那天它太贪吃了,东海长江水道的蜉蝣一层连一层,简直是在赴饕餮海宴哪。蜉蝣皆随泥沙俱下的江水,融入汪海一片。这样的春季,春江水暖鱼先知,何况海水漂来的,还有春花的味道,梅花、油菜花、桃花、李花、杏花、梨花,随长江水流淌,入东海。它们已经苦等一个漫漫的冬季,岂可放过。那天,黄鱼家族七子皆入东海,为美食而来,也为美食而亡。海之大,天之高,食则本性也,有食则安,但这也不是鱼儿的全部生活呀。那天梅童吃得很饱了,它游至海面,在红潮般的水上,晒着太阳呢。臭美,展现自己美丽的鳞甲,那是一位士兵的盔甲,一位王子的金袍,在东海的阳光下反射光带,熠熠生辉。然而一张渔网收网了,梅童的死期将近,它成了盘中餐。

人间四月天,还未入梅呀。那段日子,才是梅童最肥时,梅童颇觉遗憾,自己为石首科黄鱼兄弟幼弟,却与它们一道被渔民一网打尽,成了夜市小海鲜的首选。可是它的名字并非为渔民所起,应为风雅之士所赐。翻一下历史笔记吧,且看,清朝一位叫徐兆昺的人,著了一部《四明谈助》,其中一句"或云梅熟鱼来,故名"。梅子熟,梅童出,黄鱼七子,数梅童齿幼身嫩,故有童子之号。梅子熟了,乍知春去,最食临海烟火色，始觉食色性也。可是，他与朋友入台州时，四月未过，梅子却熟了。

坐于林荫道上，问店主梅童做法。店主笑道："烹小鲜，如治大国，宜心细。梅童太嫩，不宜重手脚，也不能旺火，洗过，在盘中排列整齐，最忌互相挤压，乱炖，那就成一碗鱼粥了，只需撒点姜丝，放蒸锅里蒸，香味一出，便可取出而食。"

临海的春夜真好，坐于户外，不冷亦不热。岳清兄是雅士，常邀文人聚，告诉他，东海岸有些渔家，常以槐树花开来预测梅童的渔况，花盛则鱼多。故有"槐花落，梅童上桌"之说。槐花开得越多，梅童越盛。此时，南方之西南乃温婉之地，槐树刚开花，而北方村子天还凉，五月国槐万树开，如蝶变、如玉珠，冰雨挂满枝头，一夜东风过，落入江海，梅童皆逐花而食。

回到京华，已经是初夏，北方城郭槐树花正盛。夜晚入书房，有清香浮动。他念念不忘，偶翻明代小品笔记，《雨航杂录》载："鳏鱼，即石首鱼也……最小者名梅首，又名梅童；其次名春来……土人以槐豆花卜其多寡，槐豆花繁，则鱼盛。"

梅童，梅童，他心心念念。人生如海，一时鱼儿潜底，一时鱼儿激浪。风度翩翩，不失优雅状，恰是少年公子时。水声响起，仿佛看到一名书生，读书已至春深，唤坐在门槛上打盹的书童归去；抑或梅花鹿后，一童子相逐，驰过大荒，只图一生吉祥；或者驿外断桥边，墙角几枝梅，梅娘打灯笼而来，唤夜读的书生回房，小书童跟屁虫般殿后。

春深读书，幸有梅童伴，可梅童是一条鱼儿。

千载白鹭鸣庐陵

已经是晌午，秋阳浮冉于中天。在吉水一户农家乐用午餐，喝了几杯黄米酒，人有点微醺。登车，驶往庐陵古城，从吉水到吉安，约半小时车程。秋后阳光仍炽，苦夏未尽。躺在椅子上小憩，冷气吹下来，一爽凉，心便静下来了。闭目养神，一枕黄粱，梦见自己金榜题名，登坛拜将。抑或上午入进士园、登状元楼的记忆倒带吧，李唐、赵宋、大明、大清王朝的状元、进士凸现在视野里，由模糊变得清晰。赣江清如镜，楼高八面风，一行白鹭盘旋江面，东风起，送我上青云。

秋声近，吉安城郭。我看到白鹭洲，一洲分两水，青螺屿楼浮在水上，章贡之水赣南来。白鹭展翼，扶摇直上江天。一派好风光，地灵人杰，滋润众多学子。自宋以降，古庐陵鼎甲四十七人，历朝宰辅七十九人，素有"一门六进士，隔河两宰相，五里三状元，十里九布政"之称。梦里，他们依次走入中华名人祠，兀立吉安的天空，一位位学子戴乌纱、穿红袍，胸挂锦鸡，无限风光在庐陵啊。

那天在进士园中，我仰首三千进士、四十七名鼎甲，共一个故乡，惊叹不已。从唐宋到明清，凡春闱，庐陵城的人都能看到白鹭洲书院的学子金榜题名时。悠悠万事，天下高光尽在金庐陵。紫气浮冉，雨后彩虹横跨赣江水面，是稻花香时的太阳雨吧。

大白日晴天梦，一枕黄粱梦断。一个刹车，有人喊，白鹭洲书院到了。我睁眼一看，还在吉安城里，旧时称庐陵，意思是茅庐盖在丘陵之上。

而今的庐陵，历史上又称半座苏州城。可已找不到旧时模样。阳光金晃晃地，洒满城郭。下车，一路台阶至底，是一个广场，正中央立了一块石碑，行书"白鹭洲书院"，落款周谷城。

谷老的手笔！我眼前遽然一亮，惊叹："这是毛公润之的同学呀。"

周谷城者，著名历史学家。余生有幸，年少入京，因了认识一位叫林从龙的湖南词人，竟然有缘到新街口不远的谷老家中，红墙灰瓦的小四合院，见其与谷老、臧克家、周笃文、叶嘉莹唱和，让我大开眼界。想不到吉安城，居然看到谷老题字，恍如昨日。

绕过白鹭洲书院石碑，朝前走向廊桥。一桥飞架南北，犹如长虹横空，将书院与城池连为一体，成为吉安城里的一道风景。漫步桥上，犹如走进颐和园长廊，圆柱林林，飞檐斗拱，雕梁画栋，书法彩画，皆由画工妙笔梁上。画法有拙有巧，内容大抵为民间故事，如五子登科、状元省亲、松下听琴、兰芷古松、瘦石太湖。窨井上的天穹渐次垒高，收拢于八九层，深邃辽远，天上人间，恰如一桥中。桥长约五六百米，每个空间看出去，都是一段赣江四季。若秋阳向晚，有学生在此温习功课，朗读古诗文，会给人白鹭洲书院如在人间天阙的感觉。

太阳斜照下来，站在桥上，极目远方，由远及近，赣江碧流天际来，八面见画境，是诗、是词，更是秋水文章。乍看，不见一只白鹭翱翔，可我以为绿树掩映中，栖息着万千白鹭，风掠、竹动，一鸣冲天，一如历朝历代的学子。

白鹭洲中学出奇地静，据说在洲上就读的为高三和初三学子，两千多人，就是为了让他们沾一点儿白鹭洲书院的底气、文气、运气和正气。逐级而下，过一座四角为石柱的亭子，南边两个石方柱，镶着一副楹联："芟其芜，行其涂，似有天作地生之状；视其细，知其大，岂独山原林麓之观。"妙哉此联，以小博大，妙哉此言，修杂芜而成参天大树也。移步石亭，但见赣江岸边，一棵古樟树，树高千余尺，遮天蔽日，犹如一柄巨伞，荫庇着一代又一代庐陵学子。据说，古樟树年轮有三百多年，而白鹭洲书院则在朝朝暮暮中观鹭栖鹭飞七百年矣。

十年树木，百年树人。遥想当年，江万里任吉州知州，想为百姓办点事，留得好官声。他以为为官一任，造福一方之事，莫过办一所书院，让贫寒子弟读得起书，寻来找去，唯白鹭洲风水极佳，江水汤汤，一洲浮于两水之上，芳草萋萋，绿树连江天，如舟、如船，可载庐陵学子行赣水，入鄱阳湖，进长江，云帆高挂，金榜高中入殿堂。且白鹭洲书院又在水中央，学子上学，皆坐船而去，一篙撑舟，渡江而过，登洲，惊起白鹭一片，盘旋半空，复又落在树上，仿佛看到江水云树间，伫立一个个白衣隐士，彼乃庄周化蝶，老子骑青牛而来，孔子咏而归，还有孟子、屈子、司马迁化鹭而来。又或者，李白、杜甫从唐诗中走到廊桥上，俯瞰桥下酒肆。一碗浊酒家万里，走吧，谪仙，去吧，杜拾遗。

太阳转身了，我也该调头入下一个景观。别过老樟树，朝南，唯见一座汉白玉雕像兀立，英姿勃发，乌纱锦袍的宰相巍然在上，不用猜，那位白衣卿相，一定是文天祥了。"惶恐滩头说惶恐，零丁洋里叹零丁。"惶恐滩就在赣江上，离庐陵城不远，流连于赣水，可闻暗流涌动，乱石惊空。这位庐陵城的骄子，生不逢时，本该像那株擎天香樟，撑起南宋江山，可是大殿的擎天柱爬满了白蚁，一柱既倒，谁能力挽狂澜？崖山一战，南宋水军灰飞烟灭，文天祥成战俘，陆秀夫背着小皇帝纵身一跳，大宋从此化为水沫泡影。屠城将领欲留文天祥一命，远押大都四年，劝降，可是他头上的华夏天空，有忠肝义胆、天大地大之圣人坐标。张良椎、苏武节，严将军的头，嵇侍中的血，还有张睢阳的齿，颜常山的舌。或作辽东帽，或写出师表，泱泱中华，哪一位壮士不惊天地泣鬼神，哪一位贤者不冰雪鉴日月？

人生自古谁无死，留取丹心照汗青。文天祥朝刑场走去，木枷囚车，文人过燕市，一样的壮怀激烈。喝一碗浊酒，向云山外的庐陵投去最后一瞥。元大都菜市口，秋霜落叶，黄的、红的、枯的，衰草枯霜白，白晃晃地，如雪花、如鹭羽落下，恍惚间，他看到白鹭洲书院创始人、南宋两任丞相江万里一家的结局。

元军马蹄在饶州街衢间巷响了起来，兵燹映红半座饶州城。江万里伫立在石阶上，仰望城郭。宁可玉碎，绝不苟活。江万里遣散女佣，让家丁往江家大院投去一炬。浓烟滚滚中，与仆人别，仰天惊呼："大势不可支，吾虽不在位，当与国存亡。"白衣、白发、白胡须，飘飘，就像白鹭洲上一鹭鸟，翻过汉白玉栏杆，纵身沉塘。

江万里投塘而亡，文天祥悲壮殉国。大宋士子的血性，江西学子的赤心，千古而下，令人长叹。

远眺，庐陵淡月初现，倒映在赣江。千江有水千家圆，和平树下的日子真好。在白鹭洲中学流连，展室是百年前的教室，二层老建筑，倏忽，刮来一阵百年穿堂风。风入室，琅琅读书声，我想到吉安儿女刘真、伍若兰，两位年轻的共产党人，不知他们当年是不是在白鹭洲中学读过书？

刘真，壮士也，其信仰之真，确如其名。他是吉安永新县共产党早期负责人。他的血脉中，运行地火，奔突千年庐陵的文脉与血性。那一年，他从南昌回吉安，因叛徒出卖被捕。国民党反动军官说，只要在一份自首书上签字，就留他一命。

妄想！真正的共产党员都不是软骨头，怎可以俯下身子，从狗洞里钻出去。杀了一个刘真，还有千千万万名共产党员站出来。

好！成全他。敌人说，我倒要看看刘真的骨头，是真硬，还是假硬。找一个大蒸笼，将他捆进去，温水煮真人，让他慢慢地去死……

不堪回首，忍将喋血著奇文。那一幕，一直让我无法想象，一个人要有怎样的信仰与意志，才能扛得住这样的死亡与重生。

那天在学校展室里，从七百年庐陵的英雄天空走过，我还想到另一位女子，朱德元帅的亡妻伍若兰，她也是吉安的女儿。1928 年 2 月，伍若兰参加了朱德、陈毅领导的湘南暴动。婚后，随中国工农革命军向井冈山转移，并被调到第四军军部政治部宣传队工作。1929 年初，毛泽东和朱德率领红四军离开井冈山向赣南进军。途中遭遇敌人，军部被重重包围。朱德指挥红军与敌军展开激战，伍若兰紧跟在朱德身边。她为了掩护朱德和军部其他首长脱险，在形势十分危急的情况下，毅然率领一部分战士从另一个方向袭击敌人，把敌人引向自己。当朱德和军部领导安全突围后，她却因身负重伤被俘，后英勇就义。

青天之下，那锥心之痛的呼号，仍在江西、在赣南、在吉安，在风中回响，一如赣水呜咽，长夜不息。

不忍回眸，不想回放，我步出白鹭洲书院，朝风月楼走去。

空谷幽兰，君子之爱。百年、千年秋风中，总有一股清馨吹过来，是八月桂花遍地开吧。三春杨柳，九夏芙蓉，八月桂子红，十月稻谷黄，好个金庐陵。那天傍晚，在白鹭洲中学，我挥毫书下一对条幅存念：白鹭云霄，春风庐陵。

该走了。秋阳正艳，罗霄如血，白鹭洲上，几度夕阳红。风月楼前凭栏近观赣水，书院在，白鹭洲未老，七百年成一梦。青山遮不住，赣江东流去，只留清白在人间，一颗文心、赤心巍峨井冈山，庇佑吉安，照耀中国，千古不绝。

千载白鹭鸣庐陵。

当崂山泉邂逅普洱茶

1

　　京畿已经入秋了，仍有几分燠热，北方秋老虎蛰伏于野，但苦夏渐逝，早晚觉秋凉了。学生从鲁地来，请我梳理一本书的结构。他乃我老家云南生普的痴迷者，出差必带工夫茶具。我如约前往，忽见其发来一条微信：老师，可否带点茶和矿泉水？嗜茶之人却忘记带茶，不禁哑然失笑。

　　前不久，老家有亲戚至京，送来一袋野生古树生普。然我一直未动，夏天喜喝绿茶，未曾饮过生普，未知此茶好不好。想亲戚千里背来，品质定然不差，遂借茶待客。至于水嘛，家里多西山矿泉，据说是当年水车拉进皇宫的水。然系为大桶装，不好带，只好作罢，路经超市时买一桶吧。

　　出门，过十里长街，超市有农夫山泉与崂山矿泉。客来自齐鲁，本能地提起一桶崂山矿泉。抵馆舍，学生展工夫茶具，煮泉，待水温降至八十摄氏度时，彼撕开纸袋，将茶叶倒入温好的紫砂壶中，洗茶毕，冲好第一道茶。轻啜几口，杯空，轻嗅瓷盅，真香！是天然的花香与蜜香。"好茶！老师您这款茶乃上等古树茶，不逊冰岛。"学生惊呼。

"是吗？"我品了一下，舌尖抵齿，轻啜生津成碧汁，醇厚生津，滋滋回甘。"老师请闻一下茶的挂杯香气！"近鼻轻闻，果有百花清馨扑碰鼻翼。心下骇然，喝了数十年茶，一直不屑云南普洱，觉得此乃茶马古道上众生消腻化食之饮品，制作粗糙，无法与西湖龙井、猴魁、碧螺春一比高下，更遑比岩茶大红袍、正山小种、金骏眉之类。曾入岭南，见近年来商贾巨富居然弃绿茶、岩茶，以饮陈年普洱为荣，令我始料不及。今日品茶，学生一招闻香之法，让我碰触普洱之魂，一缕野花蜜香，竟从云岭而来，是水之功，茶之效，还是茶水交融，叶水相融，我有些疑惑。是万年古泉激活了千年古树茶，还是云门茶祖偶遇崂山老道，坐问苍山，饮茶观道，一盘棋局待解，一个谜底待揭。那天，在崂山道观里，云南山茶花开在耐冬树上，一树仙葩傲冷雨霜雪绽放，我终于有了答案。

当崂山水邂逅了普洱茶，云南山茶长成了崂山道观里千年奇葩。这是千百年修来的仙缘、茶缘哪。

2

初冬入青岛，岛城天空乌云摧城，海风怒号，像要下雪的天象。昨晚从北京来，抵宾馆时已经是夜里九点多，因为坐了半天高铁，累了，匆匆入睡。

一夜有梦，梦巡道观，满眼尽是凌霄花，攀爬于古柏之上，笑得粲然，投目处，多为高树，叶黄花零，炫耀秋深，唯见紫气浮浮冉冉。天亮了，梦醒了无痕，却有夜雨湿润。看行程上午是去崂山道观，会不会遇滂沱大雨？管它哩，反正我带了冲锋衣，任它东南西北风，抑或海上起风暴了。早晨向崂山道观驶去。道路且长，昨夜睡得不好，上车不久，便迷迷瞪瞪入梦。忽见一狐仙从高树上飘逸而下。小径通幽，徜徉于崂山道观黄墙内，潜入道长房。有一书生，风度翩翩，孤灯下，影映纸窗，狐仙摇身一变，长袂广袖青衣，酥手纤纤，脂粉香雾掩饰了狐膻，添香红袖将灯下书生陶醉了。千年修得一室香，书生是谁，是蒲公松龄还是明清笔记小说作者诸人。一树百年，一狐千年，只一瞬，歌尽桃花扇底风。

梦醒时分，崂山道观到了。下车，海天冷雨潇潇，不算大，足以湿衣。打一把伞入道观，大门处，一位长发长须的道长，身着一袭长长的黑色道袍，伫立于道中央，迎接我辈。地道沂蒙话，亲做导游，引领我们入崂山道观，作雨中神游。先在一棵龙柏前照相，彼时，细雨霏霏，老子之铜像伫立于苍松翠柏之中，我们与道长一一合影。时，有人指着河北诗人北野的光头，揶揄道："老子从云间下来，就在我们跟前。"北野仰天哈哈大笑。一抹残秋黄叶落魂于幽径，诗魂遍地。进道观天井，见一树茶花盛开，红萼绿叶，一串串，一枝枝，仰天而笑。道长说："这株花树叫耐冬。"我说："不对，这是我老家云南的山茶花。"

道长摇头道："此花坐船而来，被坐船的人带入观中，嫁接于耐冬树上，冬日临海风绽放。"众人诺诺，唯我一人谔谔。我接口道："说不定是法显从东南亚雨林带回来的，也有可能是明代大将沐英或吴三桂的兵丁从我老家云南带来，与耐冬嫁接而生成茶花树的。"言罢，在网上纵横一番，寻找此茶花的确切来历。

彼时，我们随道长入主殿。两边墙上，皆有忽必烈的御批，大意说道观享有收税赋之权，但文字佶屈聱牙，语句皆不通。我猜，非忽必烈大汗表述不清，而是翻译蒙古文时遇上了三脚猫，留下此恶果。

围着耐冬茶花树转圈，我看树前有一石碑，勒石"绛雪"，一树红雪。好名字呀！出道观，来至两株翠柏树下，道长说此乃蒲松龄写《聊斋志异》的小屋，此地有画皮、有狐仙、有青衣，夜晚在屋脊上踱步。雨霖霖，风啸啸，青灯孤夜，蒲公用大毡裹身，研墨，哈一口热气，焐焐手，然后继续写书，写鬼写神写人间，写天写地写苍生，拂晓月白时，既化作青烟。此时，烟雨四起，天渐小雨，我们仰头看天，只见凌霄花攀附于巍巍松柏顶上，有的松柏就是被这种藤缠树缠死。

凌霄花攀了高枝，灿烂荼蘼，令天地炫目，可最终却缠死主树，此乃高树之悲还是凌霄花之幸呢？

3

那一年，我刚二十岁，从团政治处书记调至基地政治部宣传处任新闻干事。甫一报到，遇一位老八路，彼乃基地政治部副主任，姓刘，名忠岱，胶东人士。头发花白，理一平寸，乍一见面，知我系云南子弟，陡生亲近感。众目睽睽，竟然令我脱鞋、去袜子，说是要看看我小脚趾是否为六指。我极窘迫，又不好婉拒，遂脱去鞋袜，令彼一观。见我无六指，颇失落。我尴尬答道，自己无六指，但妹妹有。他一笑，说："这就对了嘛，我找到了原乡人的密码。数百年前，云南兵丁入威海卫、烟台卫、崂山卫，屯兵卫海，其后裔多有六指，我们是一族哇，同出一个故乡。"只是时光已经过了五百多年了，乡音已改，但有一记号，就是脚生六指。

晚上回到宿舍，想白天老八路怪异之举，令我有些惊诧，为何云南兵丁去了威海卫、蓬莱卫、崂山卫。崂山之巍，一关望海，一营兵丁守海疆，与云南何干。它与我的老家隔着十万八千里云和月，究竟何年何月，竟然有一批云南子弟拖家带口入胶东半岛。时光匆匆，黯淡了刀光剑影，熄灭了兵燹硝烟，前营、后营，左营、右营，还有老营、小营，皆变成了一座座小渔村。从此卫海的官兵撂下刀剑，娶妻生子，练成了浪里白条。一去山东路八千，一住崂山五百年，他们带去的云南娇娘渐次成为本地的姥姥、奶奶，而对于故土的眷恋，隔着五百年的时空与天风海雨。一去齐鲁君不返，遗留于遥远红土地上的故园春梦，仅剩下一个模糊的地理坐标，一个生理的印记，即脚上的小拇指，半裂而生出六指。后，我翻阅《明史》，终于掀开了那铁马冰河的一幕。五百年前，家乡父老兄弟跟随明代大将沐英征服了云南，灭掉了元代大兵马司府，兵锋直抵大理国。洪武三十一年，因辽东半岛有倭寇侵犯，从全国调兵。洪武皇帝看上了这支远征云南的兵马，一张圣旨宣云南兵丁入胶东。于是乎，从丽江、大理国和古滇国一并调来，浩浩荡荡出云南，携带着砖茶，犹如木耳一样黑黑的普洱茶砖，还有长满山岗的云南茶花，背着，马车拉着，从出昆明府的第一驿站——我的故里大板桥驿，车辚辚，马萧萧，驶过来了。千军万马出云南，过嵩明、曲靖、昭通，溯蜀地毒道而上，过四川，向北，向着遥远的渤海边而行。芒鞋竹杖穿林行，山风阵阵，林涛如海，一浪又一浪的崇山峻岭，于身后远去。故乡成了一片烟雨，一个渐次缩小的墨点。故乡不可见兮，唯有拭去泪痕，向着徐福带三千童男童女驾舟驶向的瀛台仙山打马而去。

马蹄碎，塞鸿孤雁相随，蓦然回首间，故乡已远。彩云之南变成了遥远的记忆，而威海卫、崂山卫的官兵告诉子孙后代，老家在云南，寻找兄弟姐妹亲族的密码就是脚上六趾。这是一个民族和一个部落的基因密码。第一个抵达威海和崂山卫的云南总兵，那天晚上，吃了太多的青岛大馒头和海鲜，肚子有点撑了，他呼唤亲兵，挥手道，煮一壶云南砖茶吧。那天傍晚，亲兵也许便从崂山的涧溪里汲得泉水，给总管老爷煮了一壶云南普洱茶。

总兵抿了一口，惊呼好水、好水哟！有了此水，云南茶能回甘生津，蜜香四溢呀！

4

按行程安排，这天上午游北九水。从宾馆出发时天还阴着，往崂山深处行，太阳裂云而出，映着崂山山脉。太阳从海那边照过来，天气转晴好。车驶至北九水桥头，在原青岛市长沈鸿烈的别墅前停下。只见一座拱桥横亘其上，往东眺望，晨曦从林间斜射下来，光影斑驳，映入水溪中，晨雾浮浮冉冉，一河清溪流水潺潺。阳光下，鹅卵石参差不齐，我立于桥上拍了一张照片，这是我第一次近距离地接触崂山之水。其实与我走过的北岳恒山、东岳泰山、西岳华山一样，都是一条深涧，有山泉水从高处往低流，经过地质层过滤，融入泉水之中，故蕴含丰富的矿物质。从北九水桥头，转身往沈鸿烈别墅走过，这一带多是当年德国人的别墅，就连沈鸿烈故居也不例外，也是当年德国人留下来的。

过沈鸿烈别墅，往上走数十米，便是一条民国道路。我们顺着这条石板路穿越至民国年代，往北九水最后一座村庄走去。过一座桥，沿北九水北岸，溯源而入崂山山泉那条著名的山溪。前方便是北九水一个又一个河湾，九水，分外九水和内九水，一块巨石，或者数块巨石，转着一个小溪之湾，溪水叮咚，从石上淌下，或珍珠样，或雨帘状，或瀑布河，从高处跌落，形成一道道、一条条水瀑。其淙淙之声，如磬、如琴、如埙，流入潭中，一湾水而成一水，九水自然是九个小河湾。在我看来，崂山九水其实不止是九水，而是 N 个小石潭，一湾一湾的，镶嵌于峡谷之中，犹如柳宗元先生写的《小石潭记》，永州的小石潭只有一个，而北九水石潭清泉无数，宛如珍珠链一样，一潭连一潭，一湾接一湾，瀑布相连，依次登高递进，衔接崂山主峰。好事的文人墨客，在石头上勒石赋名：俱化潭、有涧潭、得鱼潭，字仿范曾体，似在寻道，却离道甚远。我们溯栈道而上，俯瞰溪涧，多巨石林立，横于道，阻于涧，其溪中石，大者似屋，中者如斗牛，小者则像一窝一窝恐龙蛋，错落于水中央。我观溪中巨石，多为亿万年的造山运动，天崩地裂，崂山雄起，渤海横空出世而成，一条大纵谷从崂山主峰天乙泉，裂谷而下，溪中巨石、鹅卵石大珠小珠落玉盘一样，翻滚于北九水，流年磨砺，含裹十方，心精遍圆。这样一道道地过滤，终于将山泉过滤成了一潭又一潭微量元素叠加的好水。

天乙泉将近时，我问崂山关外的海在哪里？当地人指着北方，道："那边就是渤海湾。"此时，我方知崂山之水，乃海雨天风裹挟而来，遇冷空气便成了水滴，一滴又一滴而下，滴在松树上，滴在翠柏上，滴在茶花上，没于芳草萋萋的翠绿，浸润入地，经过亿万年的积淀，一点一滴地往下渗透，又渗了亿万年，最终入北九水，点点滴滴，细流涓涓，汇为一湾河，一石潭，一水柱，一雨瀑，流成了崂山矿泉。亿万年的崂山泉，与三千六百年的生普之叶邂逅、融合，沸水里开出别样的花，勾起云岭之上、古树茶初始的花蜜香之记忆。

5

蜜香从云岭飘来。

一树茶、一簇茶、一片茶、一山茶，千山万岭的茶园，构成北回归线上最壮阔的景观。那天，我们沿澜沧江而下，朝着崇山峻岭的野山坡，往一幢幢乡村别墅走近，云雾深处人家，澜沧江边古树，风景这边独好。车穿过小湾镇，停在山脚下。一座高大的青石牌坊，上书四个大字：锦秀茶祖。

"是锦绣？怎么会是锦秀？"

"这里是锦秀村。"陪同采风的凤庆县文联主席解释道。

拾级而上，一个台阶又一个台阶，慢慢靠近今天要拜访的古老神灵。穿过牌坊，爬完最后一层台阶。地势变得十分平坦，一丛丛低矮的茶园跃入眼帘，一位戴着宽檐草帽的中年茶娘正在双手采茶。

"大姐，这里离茶祖还有多远？"

中年茶娘手攥着一把新鲜的茶叶，随便向前指了指："一直走过去，就是喽！"

来时雨雾早已消散，白莲花一般的云朵时卷时舒。云者，天地之精气，变幻莫测，有神无形，有规无定。或晴空行云，或乌云压城，或风起云涌。朝云夕晖，绚丽烂漫，彩云伴月，宁静浪漫。或飘逸、或厚重、或虚渺、或善或恶，不知何来，亦不知何去。云之上，天也；天之上，寰宇星际，亿万光年，深邃浩渺。望云，仰首向天冲，直视云间，心浮云止，心静云动。云岭望云，望茶树之祖，洞察云之变幻，思悟云与茶之间的奥妙之秘。

云水雨雾最养茶。可是，一代茶祖被圈禁了，平地砌起一道高墙，只留窄窄的小门，一把大锁隔绝了她与红尘世相的你来我往。偌大的广场，云龙盘柱，铜鼎焚香，锦绣长文《锦秀茶祖记》雕凿在墙壁之上。唯有遥望，唯有仰视，唯有顶礼膜拜。

一树三千年，饮尽云岭的云与雾，雨与水。彼长在北回归线上，是这条经纬线上最绿嫩的一片丛林。当它与崂山泉相遇时，发生化学反应，袅袅升腾的蜜香味依然属于山野。那天，我在茶祖树下，将《锦秀茶祖记》抄录于此，以飨众茶友。

《锦秀茶祖记》

中华茶文化源远流长，然追其根，溯其源，莫不出于此者。

茶圣陆羽云："茶者，南方之嘉木也……其巴山峡川多有两人合抱者。"惜今已难觅踪影，然，锦秀茶祖历三千二百度春秋，秉天地之灵，擅沧江之秀，沐日月之精，饱山岗之气，葱茏苍翠，亭亭如盖，屹立于大地之上，王者之风俨然矣。锦秀茶祖高十点零六米，树冠南北十一点五米、东西十一点三米，其根径一点八四米，茎围五点八四米。历经洪水冲刷、雷电霹雳、风雨浸蚀、山火肆虐，至尊之位愈固。

凤庆古为蒲蛮之地，植茶历史久矣。商末，濮人植树于此，撷之于家，制之为茗，并献之于武王，茶祖由此入汉文化典籍。

至唐一代，有茶圣陆羽著《茶经》，自此，锦秀茶祖及子孙群落们所构成的茶文化，进入中华文化，并为其精粹之一。

公元一六三九年，明代旅行家徐霞客从它身边悄然走过：宿于高枧槽，店主老人梅姓，颇能慰客，特煎太华茶饮予。

公元一九三八年，冯绍裘先生拜茶祖，见凤庆大叶茶高达丈余，叶肥芽壮，品质优异，便潜心研制云南红茶。始成。形美、香高、色艳、味浓，国内仅见，称为上品，凤庆遂以"滇红之乡"名世。又六十余年，锦秀茶祖之子孙已漫山遍野，千枝竞秀，万芽争发。凤庆，再以中国第一产茶大县名世。

自锦秀茶祖诞生三千年后的十九世纪，茶与咖啡、可可并为世界三大饮料。又百余年过去，人类进入一个新的千年，茶为国饮之时代到来。

　　二十世纪中叶以后，锦秀茶祖及子孙部落被不断发现，构成澜沧江中下游一道神奇自然景观。自锦秀茶祖以降，沿澜沧江往南有二千五百年之双江勐库古茶树，一千七百年之澜沧富邦古茶树，一千三百年之澜沧景迈古茶树，八百年之勐海南糯古茶树。沿澜沧江一线自北向南隐藏着的这条古茶之路正是古濮人的迁徙之路，它在一些世纪之后也便必然地演变为著名的茶马古道。锦秀茶祖及沿澜沧江中下游的古树群落的不断被发现，证实了达尔文所言：每一物种都有它起源的中心。锦秀茶祖乃茶之源也。是时，普洱茶又起，锦秀茶祖声誉日隆，皆因其为大叶茶之祖也、宗也。

寻茶祖的当夜，微醺时，我填词一首为记。

《水调歌头·茶祖》

　　茶祖立河谷，佳木傲花茶。绿荫云岭，铜炊烟雨掩神巫。斯岁三千春尽，堪比天宫仙露，香茗伴孤途。滇红半江水，霞客煮砂壶。

　　蒲蛮族，住木屋，听鹧鸪。玉箫环佩，袂袖葱管抚琴酥。人走茶凉世道，霜雪阴晴忍顾，自古众生图。北去踏归线，梦绕板桥庐。

一点一横洛阳桥

1

洛阳桥既成，离行人通车的日子越来越近了。那天上午，泉州太守蔡襄带着转运史、县丞、主簿、参将，走出郡守官邸，踩着上马石，跃身上马。他马鞭一指，上洛阳桥南村。泉州府驿道上，东风拂来，驿路梨花正盛，山寺桃花掩门开。快马箭一般驶出泉州城郭，东风得意，吹得驿道梨花、桃花缤纷飘落，马踏花雨，野茅摇曳，卷起一股黄尘，一路芳草染蹄香。

他看到郡守马队踏起的风尘，彼时，泉州海面海风凌厉，吹过了千年，树摇、城晃，风景在玻璃镜面摇曳。只是，他不是驿道上的过客，而是坐在考斯特车里，追着太守的风而去。

几个时辰，泉州太守策马至洛阳江万安桥村南，石仲翁武士南北相望，月光菩萨佛面朝南海，笑众生芸芸，也笑这个泉州官员。蔡襄双手合十，向菩萨虔敬一拜。春阳正好，一抹金色光带静静地照着洛阳江，还有花岗岩扶栏。凭栏眺海，西北望，江山如磐，一道圣旨路八千，从汴梁皇宫发出，越黄河，过中原，直抵吴越之地，闽南海边。两度出任泉州太守，蔡襄监造一座万安桥，为黎民百姓办了件好事，心中窃喜。没有花朝廷一文钱，如此浩大的海上工程，太守沧海挥毫，一笔划过洛阳江，未曾提按，这万安桥更像书法线条，很直。人伫立桥上，海天一色，天地一沙鸥，独鸣，追唤鸥阵，啾啾。他请来洛阳城的工匠，照着龙门卢舍那大佛而刻，丰腴、圆满，仪态从容，平视沧海，笑容像白云一样。洛阳江掠过一群海燕、岩燕，蔡襄悚然一惊，抑或是汴梁大成殿上飞来的吧。

不回也罢，两度外放泉州当郡守，蔡襄任期已满五年，且将他乡作故乡。老家仙游归泉州管，游子归来，做了当地官员。天空之境，一座洛阳桥横跨海上，雨后虹出，是他为大唐以降东方大港泉州城，献上的一片吉祥。

万安桥横亘江天。蔡襄突然想写一文，以记泉州民间集资修桥的盛举，然后书丹勒石以记。写什么呢？馆阁体，还是行书？在制诰司这么多年，蔡襄受仁宗青睐，还在他那一手好字，辅之锦绣文章。他对自己的字很自信，欧阳修、苏轼称他本朝第一，一点儿不是恭维之语。童子功临帖的是颜字，一点一横，一撇一捺，横折弯钩，笔笔皆有颜，字字都是颜。考得功名，学的是颜鲁公的人格——安史之乱，狼烟四起，一士擎天，哪怕兄、侄丧命，面对苍生百姓，心系朝廷，伟岸一丈夫。大宋朝臣当如是，一撇一捺，也是一个站着的人，一点一横，内方外圆。如今身为泉州太守，他要给万安桥留下一篇雄文，他相信，百年千年过尽，洛阳桥将与赵州桥一样，千古不朽。

左思右想，蔡襄以为写正书好，正书端庄大方，临过字帖人都知道，晋字放逸，唐楷法度，宋书性情。而这些桥上之石，皆采自海中央，花岗岩之重、之坚、之硬，任风吹雨打，浪拍盐浸，流年不崩，堪称千古洛阳桥。须写一篇唐楷之文，或颜、或柳、或欧阳书法，勒石于泉州府桥南村。就写颜字吧，蔡襄觉得颜体雄浑遒劲，有大唐气象。此时洛阳桥，均由南安花岗岩镶成，葱白似玉，冰心玉壶，可照映中原芒山，无负江山家国，无负中原一抔黄土。黄天黄土黄水远矣，青天碧波蔚蓝。挥毫而书，唯有颜体的沉雄之姿，才能擎得起这座石桥。

那天傍晚，回到郡守府邸，太守唤书童研墨。蔡襄踱方步，向前，站在书案前，一张汴梁绢铺在案上，六尺。他提起一支泡好的新湖笔，捋了一下笔尖，蘸饱墨，颜书要浓墨，然后执笔，掌心空握成鹅蛋，悬腕，落墨，在绢布上写下六个字：泉州万安石桥。然后立于书案前，左观右看，上下巡睃。一字定江山，一点乃一座桥墩，舟一般横亘海中，一横且做条石，足够长，架在两桥墩之间。从天际鸟瞰，桥形，恰是一个州字，三点做桥墩，一横就是架在桥墩上的长条石，连着两岸，连接古今，一横千年。

2

已经是辛丑年腊月十六了。他从北京来，半月之内，两下泉州，先访晋江，再游泉州城，不知被泉州历史风景吸引，还是晋江经验撩起情怀，抑或泉州的美食诱惑，他说不清。

明天就要回家过年了。昨晚，海上起风了，风高浪急，惊涛拍岸，洛阳江月被乌云遮盖。海上生明月，不照故人还。收官之旅，在洛阳桥画上句号。

南海天雨欲来。黑云摧城，云低江阔，风掠云遮，犹如一个巨大的舰队向洛阳江涌来，但天庭上，仍有一米阳光，从云罅中筛下来，照着桥头的月光菩萨。佛眼半睁，看尽千年红尘，晚汐晨潮，日光流年。那天，车在桥南村社区蔡襄祠堂前停下，他跨下车门。烟炙砖，火焰红，撑起一片燕尾顶，三道白色人字脊，兀自而立一人，是千年太守吧？已是冬深，他有点走神了。蔡襄祠堂门面很低调，红墙、黄瓦，门楼仅高一层，飞檐并不夸张，那满目的红，让他想起赵宋帝国的朱色。进门，左边是个石碑亭，为清人所刻。东西南北，绕碑亭一圈，观四面碑文，楷行隶篆皆有。他投去一瞥，清代和民国年代石刻居多，毫无沉雄感。他反倒喜欢祠堂正门石柱上的对联，镌刻于晚清年间："架桥天地老，落笔鬼神惊。"十个字，画出了泉州太守的眼睛。拾级而入蔡公祠，见祠堂中有人，几位妇女或立或跪，或双手将三炷香举过头顶，献于蔡公泥塑前，其虔诚之态，皆出内心。他大惊，千年过矣，蔡襄俨然已成海神，飨人间烟火。供桌上，猪头、鸡鸭鱼鹅，应有尽有。"这是什么日子呀？""尾头哇！"当地陪同答道。"尾头当何讲？""初一、十五。"哦，洛阳江头多是客，一江有月万家圆。倘是月夜，今晚应是大宋时辰，海上生明月，千年共此时，海澄圆月照古今。白白的月光水一般淌在洛阳桥上，今夜不见古人面，昨日明月照今人，亦照旧人。那一座座桥墩，就是颜字一点之舟。古代浮桥，皆以舟为桥桩。水能载舟，舟可渡人。今夜洛阳江月圆，一片冰心在泉州。飨食、海月、江桥、丹心，都映在洛阳桥上，蔡襄祠里。蔡公幸哉，时光已转千载，明月依旧，郡守如潮涨潮退，流官换了一任又一任，蔡襄却活着，活成一尊泥塑，活在老百姓的心中。泉州郡守若千年灵魂有知，一定会含笑于天阙。逢年过节，尾头吉日，就来给蔡襄敬飨了。郡守有幸，一桥名千古，坐在中华忠烈祠，饮尽千年香火。

他站在蔡襄书丹的石碑前，一股凌厉的唐风向他吹来。海风烈，波涛汹涌，月残星疏，颜公真卿飘然而下，伫立云水间，人如字，字如人，横撇竖捺中，皆剑气所向，岿然人间。字里行间，唐楷的法度，一如大唐帝国的都城与襟怀，外圆内方，铮铮风骨，让人一览无余。君谟之书，无一笔不颜字，无一字不正气。颜、柳、欧三家，柳有骨，欧取势，唯独颜书有容乃大，万千气象，一览众山小，此乃国书也。可书丹、可勒石，现大国气象。他仿佛看到了蔡襄力透纸背的书写，一点一横，一撇一捺皆人生啊，人世间士子，在颜字中一个个站起来了，一站便是千年。

他驻足碑前观赏书法，看到了蔡襄，亦看到了自己。

3

蔡襄五岁发蒙，私塾先生开大字课，并未让一群学童临二王，也未写千字文。幼童蔡襄不解，问先生，天下之书甲二王，为何舍晋书而临唐楷？先生说，二王惊为天人，书风放逸，结字浸润魏晋风度，那是一地寒霜黄花，朝闻道，夕可死焉。生死如朝露，来日无多，人生无常哟，不适于学童。那唐人孙过庭书谱呢？蔡襄发问，先生摇头。蔡襄又问，为何不学周兴嗣千字文？先生说，周兴嗣千字文内容虽好，学书当学人，可书谱孙字被后人诟病"如风偃草，意轻之也"，儿童不宜。练大字，当临颜鲁公。自唐以降，唐楷一统天下，方块字正书登峰造极，皆有大唐气象，颜、柳、欧三家楷书，数颜楷第一，其饱满、圆润、丰腴，乃唐朝审美；其铁骨铮铮，一副大明宫四梁八柱的中国气派。点如泰山坠石，横若长安城墙，撇像银河瀑布，捺似关公大刀，横折犹如帝王宫殿的榫卯结构，而弯钩则像弩满半月，纵横有象，低眉有态。砺带山河，云山苍苍。生时顶天立地，归去慷慨捐躯。学书当临颜字，做人当效颜鲁公，一点一横中，是帝国气象，是汉家宫阙，是四梁八柱，横撇竖捺是大写的颜鲁公，忠贞仁义的国家股肱。那一刻，蔡襄对颜真卿推崇备至。从此，无一笔不临颜，无一字不从鲁，笔笔有颜，画画是颜，字字皆颜，一写就是四十年。十八岁乡试第一，次年殿试进士第十，与欧阳修同朝。欧阳修得见蔡襄字，惊呼，颜鲁公"斯人忠义出于天性，故其字画刚劲独立，不袭前迹，挺然奇伟，有似其为人。"君谟得其真传也。

洛阳桥落成，那一年蔡襄四十七岁了，该为大宋江山，该为华夏文脉，留下一方千古碑碣。是日晚上，君谟狼毫蘸墨，凝于笔端，在绢上写下了力透纸背的颜书："泉州万安渡石桥，始造于皇祐五年四月庚寅，以嘉祐四年十二月辛未讫功……"

六年造一桥。从制谏司京官外放，当福建太守，造福百姓。再回汴梁城，后又再出汴梁城，二度入泉州当太守。这样也好，可以在两届太守任上，为黎民百姓造一座万安桥。

洛阳江头夜送客。第一次做泉州太守，见洛阳江海水倒灌，左岸、右岸，一片汪洋，浩浩汤汤。桥南村与北边村郭南北相望，成了一个壶口。然而，因为没有桥，洛江人去石狮、晋江，远涉福州，总从桥南村的渡口涉江，遇海上刮大风，翻船死人，时有发生。蔡郡守决定修一座万安桥，招来商贾、僧侣、巨富出资修桥，为驿路过海百姓涉海安澜。

宋皇祐五年，开始造桥，那时海水涌动，不好架桥墩，太守让船家从海中运花岗岩，从南到北行至海中央，抛石，抛成一道海中挡浪堤，然后在堤上砌成小舟形状，再砌桥墩。桥墩搭建好后，该搭桥盖石板了，石板最长十一米，宽一米，厚八十厘米。石板用的都是海心石，凿成像汴京宫城的大条石，有数十吨之重，如何运来安装桥上，是一道难题。可是中国大工匠匠心独运，蓦地想到，从海中央石山采石，凿成巨型条石，横在两条小舟之上，平行运石而来，运至两个桥墩处，静待海水涨潮。潮起，水涨船高，将巨型条石两端放于桥墩上，海水退时，撤走小船，那一块块的巨型长条花岗岩，就稳稳地落在了桥墩上。海水浸泡，海蛎子附着于桥墩，疯狂生长，一层包一层，天长日久，海枯石稳，无形中海蛎子成了桥墩的保护层。

历时六载，一千两百米的跨江接海的大石桥落成了，东西两侧装有五百个石雕扶栏，二十八尊石狮蹲在其上，兼有七亭九塔点缀其间，武士石仲翁守桥，月光菩萨镇海，一桥南北植松树七百棵。

落成的桥初取名万安桥。一百五十字的石碑刻成了，碑高近三米，每个字都如书本般大。刻成两块巨碑，置放于桥南娘娘庙。他抵时，金粉褪尽，海神庙成了蔡襄祠，一块碑为原件仍在，另一件沉于海中，为大清年代重制。"……址于渊，酾水为四十七道，梁空以行。其长三千六百尺，广丈有五尺，翼以扶栏，如其长之数而两之。糜金钱一千四百万，求诸施者。渡实支海，去舟而徒，易危而安，民莫不利。职其事者：卢锡、土实、许忠、浮图义波、宗善等十有五人。既成，太守莆阳蔡襄为之合乐醮饮而落之。明年秋，蒙召还京，道繇是出，因纪所作，勒于岸左。"

4

右岸在前方。他惊叹蔡襄书颜体之美，看过祠中所有碑文，唯蔡公独秀，天风海雨吹过千载，吹老了岁月，海枯石烂几度，可是蔡公书丹之碑依旧灿然，灿如红心溅血，像桃花、玫瑰绽放，一放千年依旧鲜活。环顾祠堂，众碑列列，独蔡书冠绝群雄，就像那年汴京乡试第一。宋代书法四大家，苏黄米蔡，最后一个蔡，蔡襄耶？蔡京耶？文人墨客纠结了千载。此蔡非彼蔡，就是堂兄蔡襄，而非堂弟蔡京。前者写得端庄雄阔，后者写得媚姿奔放。虽然蔡京比蔡襄小了三十多岁，堂兄仙逝三年后，蔡京才中了进士，可蔡京人不如字，故书法不传，中国书法历来讲究人格之美。

步出蔡公祠，一路下坡，走上引桥，踏在坚硬的洛阳桥上，这是千年人履车碾踩出来的。可是牛车辙不复，连马蹄印也不见，硬度最高的花岗岩，见证多少王朝兴衰、多少生命荣枯。桥头两侧石亭里的石仲翁还在，两个武将仗剑守桥，妖魔海怪见了，都会躲得远远的。再过去，月光菩萨、经幢、石塔，镇海镇妖，挡风浪，保佑苍生平安。千年热风吹雨，海水浸湿，石塔四面佛眼迷茫了，可远方环海处，竟是一片泉州湾一座座新城列列。他从桥上走过，泉州太守蔡襄已逝千年，可花岗岩雕像伫立右岸，他向蔡公走去，海风吹过来，耳边响动君谟往事。

庆历年间，范仲淹因说真话被逐出朝堂，余靖发高论救人，范公不能走。尹洙请求同贬，以范公为荣，欧阳修则斥司谏高若讷是小人，四人同时被贬出西京。那年，蔡襄进士及第，只是一个留守推官，竟作《四贤一不肖诗》，力挺四公，汴梁城士子争相传颂，一时洛阳纸贵，鬻书人拿到市场去卖，赚个盆满钵满。恰逢契丹使者到西京，也买了带回去，贴得幽州驿馆满墙皆是。

另一件事，是蔡襄任福州太守，与百姓过上元节。蔡襄下令，百姓点七盏灯，亮化大街小巷。有一个叫陈烈的人，制了一盏一丈多高的大灯，放于天上，上书："富家一盏灯，太仓一粒粟。贫家一盏灯，父子相对哭。风流太守知不知，犹恨笙歌无妙曲。"蔡襄看后，羞愧不已，下令罢灯。知错即改，闻过则喜，善莫大焉，蔡襄字君谟，果然一派君子风度。

一撇一捺大宋官，其实太守也是人。他突然想到蔡襄南剑州芋阳铺遇腊月桃花，腊月桃花开，红运当头，蔡公畅饮开怀，吟诗记怀，"为君持酒一相向"，蔡公未醉，就站在右岸的洛阳神桥入口处等他。

西川甘雨，天空中飞了几滴，海风一吹，便化作了甘露，蔡公乌纱朱袍，伫立于海边，活成了一尊石雕，还会在洛阳桥头再守千年，以观沧海桑田。

一点一横洛阳桥。

江　南　词

半山烟雨半山词

　　数度入西湖小住，我却不敢轻易吟诗写文，皆因自东晋以降，此地先贤辈出，书开兰亭，诗领大唐，词冠南宋，文兴晚明，吟西湖者佳作迭出。盛唐有白居易、大宋有苏子、晚明则有张岱、公安三袁，皆一代文章大家也。境界高古，文溢贵气、清气，诗讲格律，词却风行长短句。且写者大多出身簪缨之族、贵胄之家，读国学乃童子功，书法皆临二王，诗书画皆雅，棋琴茶道俱通，令我等望其项背，不敢轻易动笔。

　　那些岁月，我乃一文学青年。自 20 世纪 80 年代始，便屡去西湖，多住杨公堤一带，或二十七号之陆军疗养院，或金溪山庄，离西子最近：或漫步白堤，感悟浔阳江头秋送客之乐天余韵；或流连苏堤，踏歌淡妆浓抹总相宜东坡春晓之境；或登上一叶轻舟，入湖心岛，最好是寒雪轻飘，独钓寒江雪，神晤蓑笠翁岱公，领略一点一横堤与岛之简洁。不知不觉间，三十载去矣。

　　那一天，恰好中秋节前夕，我突然接到一短信，乃总政艺术局亚平老弟发来，云：中国作家协会杭州创作之家有一名额，可带家属前往，问我去否？几年前，亚平就问过我，去不去杭州创作之家，几乎年年给指标。我因太忙，皆一次次婉谢了。屈指算来，已有 N 回了。这一次，我以为不能再回绝，否则便不识抬举。再则，我今年尚未休假，写西藏八廓古城保护之书《坛城》，仍差六万余字未完成，可去创作之家赶稿也。

甲午中秋来得早。仲秋之夜，月出东隅，我与夫人、女儿、侄子及司机夜宴于鼓楼西大街徽州故里，葡萄美酒，温婉情韵，微醺之时，偕夜游后海。观冰轮浮浮冉冉，轻舟凌波，嫦娥披纱而来，心顿若明镜。王侯贵胄皆成微尘，浮名蝇利化作水沫，唯有诗心永存，亲情、友情千里共婵娟。

翌日早晨，我独自东南行，登早晨高铁去杭州创作之家，而妻女则去香港、澳门。今晚我可在西子湖畔赏月。秋风月圆，酒醒时分，下次早中秋月圆，将再等三十八年，不知我君卿几人尚存？盖人生如梦矣。昨晚夜游京城后海赏月，十五的月亮十六圆，今夜却在风轻云淡之中，夜游西子湖边，幸哉。

是日中午，我抵杭州创作之家，距灵隐寺仅北行二百米。此为 20 世纪 80 年代巴金先生力主而建。我住的房间，恰当年巴老最爱下榻之处，坐北朝南，落地窗古色古香，可观北高峰之景也。离灵隐寺仅有百米之遥，沾古刹烟雨，汲山川灵秀，远可听晨钟暮鼓，抵可掬焚香林泉，俯可嗅兰桂茗香。窗外则为龙井茶园，早桂花开，暗香浮动，清馨盈室，乃一极幽静去处也。江南阁楼，粉墙黑瓦，回字形落地古窗相嵌，坐卧伫立之间，皆可观景，不逊西子半分，仙境也。我终于解巴老当年之良苦用心也。

时黄昏泛起，北高峰云垂林幽，山雨欲来。遥想当年，毛公曾三度登临北高峰。我倚窗远眺北高峰，想当年一代伟人来此，于灵隐山后，拾级而上，凭栏拍岸，远眺西子湖，"南高峰，北高峰，一片湖光烟霭中。"不知毛公斯时，可依稀记得这几句宋词？

斯晚，暮霭四合，我邀同住创作之家的湖南诗人、吉祥寺住持灵悟同行西湖。灵悟每晚散步三小时，偈语曰："不疾不缓，舒服即好"。我以军人之步，带其暴走。半小时后，灵悟已禅衣湿透，彼干脆褪下上衣，露出罗汉肚，紧随我后。步履匆匆，至岳坟，经曲院风荷，流连水榭亭阁，抵苏堤春晓。我见其罗汉肚上、胸上、肩上，皆汗流涓涓，禅雨如浴。我领其坐于西湖边，观世俗之景，沐市井风月。昨晚，我独自步行于此。秋风中，独坐苏堤，静赏西子，怡然也。时暮色四起，唯我与苏堤独在。秋风拂来，波澜四起，披襟岸帻，清风梳裹，想张宗子湖心亭看雪寥寥几笔，便成千古杰作。唯我与卿灵魂相通也。今晚我与灵悟相坐，谈禅、谈大乘与藏传，颇投缘。约莫半小时，我又疾步如飞，带灵悟返回灵隐寺后北高峰下。时天降甘霖，几点落于我掌心、额头。我与灵悟入屋，走廊灯下，见其罗汉肚已汗流成河，神情却大悦。

入房间，电闪雷鸣，豪雨大作。

听听那冷雨，我吟成绝句之《北峰》：

> 轻敲键盘响晨钟，惊看流云落北峰。
> 半山烟雨半山佛，一壶龙井一仙翁。

老妈犹记白娘调

住灵隐寺旁数日矣。烟雨江南，果如斯，秋风吹过，早有桂香拂动，盈满于室，令我沉醉不已。然，鸟瞰窗外，北高峰仍烟雾成嶂，林幽、蝉嘶，灵隐晨钟不时敲响，却驱不散烟云。至暮鼓又起，亦赶不走云雨。此乃江南也，天公丹青，朦胧成画，一派山水大师之绝作。

傍晚，餐后。我乃一派闲庭信步状，见暮色四合，便由北高峰下暴走直驱西子湖之断桥。

疾步匆匆，穿夜幕而行。半小时后，抵风荷曲院，至苏小小墓，从楼外楼前走过，将西泠印社抛于身后，过了平湖秋月，终抵断桥。断桥有桥，犹记儿时摇篮之中，我之老奶奶边摇边俯身唱白娘子，皆昆明花灯也，给了我最早之文学启蒙。

我猜想，奶奶乃大家闺秀，奶奶之江南，便是花灯的江南，是我之故乡昆明城东大板桥驿山歌相对之云南。奶奶青年丧夫，中年丧子，哭叔叔之殇，终哭瞎双眼，殁于 20 世纪 70 年代初，彼时我仅十岁，少不知事，更无能力带其游江南。憾也。

然，老妈犹记白娘调，抑或来自我之奶奶。婆媳之间，相处十八载，终有一别，却从未红过脸。彼时，已是 21 世纪之初第七年吧，我之老妈刚好七十岁，目睹一起长大的小姐妹纷纷罹病而亡，觉人生苦短，便电话告我，想游江南，圆当年婆婆未圆之梦。于是乎，是年"十一"长假刚过，便由我之老父亲相陪，迢迢千里，从极边之地云南而来，我与夫人、女儿翘首以待于金陵城下。

飞抵南京城郭时，老妈乃一副昆明城郊村妇打扮，大襟汉服，包头，头顶印丹蓝布之小手巾，腰间系围裙。一到出口处便成禄口机场之一道风景。彼时，金陵城仍有几分燠热，可我之老妈竟穿了好几件衣服，仍有点嫌冷。也许她的寒症是生我之兄弟姐妹时落下。

翌日，女儿去苏州看博物馆，我与夫人陪老妈老爸，登紫金山，谒中山陵，游总统府及太平天国王府。我觉老妈索然寡味。

以后数日，抵苏州，逛虎丘，入拙政园，进狮子林，过沧浪亭，于寒山寺磕头，尽游姑苏。我之老妈为其将长成的四个孙女各买一套婚嫁时用之苏绣被面后，便由杭州来车接之，踏入梦中、戏中之天堂杭州，下榻于杨公堤之金溪山庄。

翌日上午游西湖，在知味观吃过午饭，阳光正烈时，我大字不识的老妈，用手横在额头上，遮住炽烈秋阳，不问白堤何处，也不问苏堤在哪，更不知杭州太守东坡为何人，第一句话竟然是："断桥在哪里？"我闻之，惊愕不已，手指正北方，答曰："就在那边，一会儿划船而去。"伊又问："为何不坐大船？"我答："接待方特意安排摇橹而去，可近距离赏三潭印月，环湖心亭而泊，最后抵断桥。"

登舟之后，我之老父亲中午喝了半瓶啤酒，似睡非睡，倚于老妈身边，幸福之极。老妈感叹乌篷船轻，波涛荡漾，一舟轻叶，摇哇摇，摇到白堤之断桥，又道，伊十岁时，随我之外婆从大板桥牵云南矮马，驮木炭入昆明城卖，在大观楼划过一次小船，迄今六十载矣。初坐十岁总角，再坐七旬发如霜雪，整整一个甲子，人生能有几何？

船抵白堤，我与夫人扶父母登堤，流连白堤。秋风徐徐，桂香飘来，漫漶于堤，风不醉人人自醉。我问老妈，会唱许仙、白娘子断桥相会唱段否？老妈记性犹好，轻轻哼出，皆滇剧之花灯调也，令我捧腹。

断桥残雪，丹枫白露。离西子下雪尚早，我伫立于老妈老爸前，令妻子留下一张合影，不禁噫吁感叹：我之江南，我之断桥，皆是活于唐诗宋词里，而老妈之断桥，则活于人间口口相传的《白蛇传》里。文学艺术，唯有活在寻常百姓心间，才会不朽。人间美景四月天，妇童皆唱白娘调，我之耳边，突然响起："啊呵呵……西湖美景三月天哪……"余音绕梁，盖终日不散也。

往事成烟。是时，夜西湖，秋兴波涛，夜风拂面。我独坐断桥椅上，打望西湖发呆，金风裹就，真好。烟雨西湖，名流骚客皆化成水沫，唯有诗章，唯有戏曲永恒。日光流年，七载逝也。人生如梦，早生华发，我亦入壮年之列也，不禁吟道：

情却西子诗心老，一点一横湖与岛。

秋水华章沉沧浪，老母犹忆白娘调。

青藤书屋人寂寂

入绍兴，首先要做的自然是谒兰亭。那美文，那天下第一行书，将一千三百年前的那场醉，皆留在了兰亭，遗落于山阴的惠风烟雨之中。然，有些风景不要轻易登临，有些梦境还是不搅碎为好，让其永远留在记忆里。数度入山阴，我将收官之地，留给了兰亭。千里而来，奔其而去，徜徉其中，却大失所望。鹅池一片浑浊，九曲流觞，细流涓涓，格局太小；茂林修竹，不幽、不静，无曲径通幽，无兰芷蕙香，无野花灿然，更无东晋高人韵士的疏狂孤高。此兰亭非彼兰亭，清人费尽心力，移点、造亭、修池、勒碑，甚至将康熙大帝书写的《兰亭序》，作为镇山之宝兀立于此。然，我却感应不到一点历史文化信息走心共情。

悻悻然而出兰亭。创作之家叶老师知我，未带我去大先生之周家祖宅、咸亨酒店、百草园、三味书屋，那里观者众，太热闹、喧嚣，绍兴城中前观巷大乘弄青藤书屋，乃我最神往之所。

青藤者，晚明青藤画派开山之人徐渭雅号也。彼自嘲："几间东倒西歪屋，一个南腔北调人。"

大先生之《南腔北调集》，书名出于此，可见徐渭在他身上留痕甚深。

面包车在一条老街边停下，入前观巷，一条六尺巷，行人寂然，几乎不见一个来者。至青藤小屋前，门可罗雀，清冷之极。可，跨入小院，却别有洞天：芭蕉横叶，石榴遮天，丹桂清馨，一阵秋风徐来，金黄朱红铺地。冥冥之中，仿佛徐文长戴乌布、着大襟白裳，宽袖博带，款款走来，迓于门前。

徐渭者，字文长，生于官宦之家，幼孤，性绝警敏，九岁能文，名震山阴。年少时追慕长沙季公，入一代大儒王阳明弟子帐下，究儒之大道，却陷入禅境，后辗转于科举，少年得志，竟然屡试不中，命运多舛。令其孤高之心大受挫折。后，幸被浙江总督胡宗宪所识、所宠，招致幕府，做了一位书记官。徐渭高才终得用武之地。文章天下，彼虽无功名，却一夜之间声名鹊起，倾倒不少封疆大吏，称其鬼才也。然，徐文长还是一副文人禀性，放浪形骸，落拓不羁。胡宗宪议军中大事，呼其名，彼却在酒肆中与文人墨客雅集，喝个烂醉；夜深，乌巾布衣闯辕门，肆无忌惮。可胡公喜其雄文大才，视为小节，仍纵其任性。后，胡公下狱，大树倒，文长忧其祸及自己，遂发狂，用巨锥刺双耳，用斧劈头，自残未遂，不死。妻死后，续弦，又辄以嫌弃，误杀后妻，入狱，后被友人救出。从此潦倒半生。

仕途之门关上了，另一道艺术之门骤然打开。徐渭可谓少年得志，中年丧妻、晚年下狱，命运宠幸彼，亦戏弄彼，彼将这些成败毁誉凝结于丹青笔端，将命运沉浮铺陈于宣纸，化意、化禅，终登化外之境，化成明月清风，樱桃芭蕉，紫藤长青，化作老辣入禅之书法，还有《四声猿》杂剧集。一个以"青藤"命名的画派，崛起于才子聚集之山阴。

徐渭的入世与出世，无疑影响了后来公安派与性灵小品文。彼穷途潦倒，了此一生，死后，人声皆寂。忽一日，公安派袁宏道下榻于驿馆，忽得一部铺满风尘的徐渭文选，墨黑纸黄，孤灯之下，彻夜研读，晓风月淡之时，彼惊呼，奇才，奇文！

　　徐渭之友梅客生寄语公安三袁之宏道，称其"病奇于人，人奇于诗，诗奇于文，文奇于画。"徐渭则说自己书第一，诗次之，画再次，文最后。而我观之，徐渭画第一，文第二，字第三，诗则垫底也。

　　离开青藤书屋，我购中华书局所编《徐渭集》四册。此去经年，我仅存诗集第三册，搜寻多年，终在青藤书屋得也。

　　青藤小屋人寂然，一树芭蕉谁常青。日光流年，历史残酷，对于一个文人而言，不入宦海，历经磨难，或许是人生之憾，可只要文章活着，艺术活着，生命之树就永远常青。徐渭不幸，生前潦倒，卖文糊口；长文有幸，其身后四百年，其画、其字，以千百万计，何其幸哉抑或不幸！

共一壶山水

1

在他行走的地理坐标上，安溪，离他很近，亦很远。近在咫尺之间，茶桌、书案上的铁观音，水一冲，便香气袅袅，汤色金黄，茶气很足，充盈于一室一筑，且好多年了，他亦不弃不离。说远，却隔了万水千山，站在北京的城郭上，远望，安溪不可见兮，唯有想象。可是，任凭他张开想象的翅膀，怎么也画不出那片茶山的等高线哪。后，数度去泉州，依然与安溪擦肩而过，甚至不知安溪隶属泉州市。

那天，他准备去武夷山山阴神游，那是江西管辖的岭北。恰好建平兄打来电话，让去安溪参加一个笔会，他说时间交叉，分身无术哇。建平兄说必须来，哪怕晚一天，也行，并有要事相谈。好吧，恭敬不如从命，赴安溪一趟，一壶铁观音，共一片好山水。

是日中午，他要提前一天离会，去安溪，可是，憧憬北武夷久矣，欲登黄山岗，观华东第一高峰。站在黄山岗远眺，据称，往南，可极目台湾宝岛与南海；朝北，可一览江南河山；向东，可鸟瞰大上海；面向西，则可见武夷山的祥云飘往西南雪山。次日清晨，他一改枕溪听泉的极乐享受，早早起床，早餐后，便从武夷山阴坡上山，第一站是桐木关，一关界闽赣，坡上为江西铅山县，坡下为福建崇安县，一步之间，走出桐木关门，他就踏上了闽境，感觉安溪离自己很近了，一脚就可以跨过去。有意思的是，欲上黄山岗，须由福建与江西保护区的守关人，各开一把铁锁，方能登武夷。

山重水复走来，只是此时桐木关密林相掩的台地，雾遮的茶田，栽的是正山小种，而非安溪铁观音，可是一金一红的汤色，正宗的中国色，前者殿堂色，颇具皇家气派，后者人间色，很受百姓喜好。味道一个浓香，一个蜜香，尽为山花、青松枝所浸、所醺，令他的舌尖和嗅觉有点错乱，竟不知如今是喜欢武夷的岩茶，还是晋江源头的铁观音。

放行了，拦路的拒马龟缩两边，可以驱车登黄山岗。前边，山路九十九道弯，拐来拐去，让人有点眩晕之感。偶尔，半山坡会窜出一只黑麂，一蹦一跳地，在前方引路。更多的时候，却见一只白鹇掠过丛林，像白裙黑衣的仙子穿行于林间，仿佛召唤所有飞禽神兽都出来迎接客人。其实，他最想见的是黄腹角雉，那只珍禽，会带着他飞向安溪，追寻从中原老家衣冠南渡的那个古族。

先登高远望吧。半小时后，盘桓到了黄山岗顶，远眺，安溪何处流水潺潺，它藏在闽南的崇山峻岭之中，山外青山，何处是城郭，安溪的茶山，不可见兮，坐在黄山岗最高处的巨石上，茫然四顾，废弃的军营，早已残垣断壁，野草犹如箭一般刺向天穹，淹没了头顶。山风很大，一会儿雨来，一会儿雾掩，一会儿风吼，一会儿日出，只是安溪不曾奔入眼底，一壶铁观音装不下的河山水泊，其实离他很远。

2

去安溪的车早就定好了，上午出发，抵达安溪东已经 19：08，离县城还有近十公里的路程。已经一脚踏上闽境，离安溪直线距离不过三百多公里，却要山一程、云一程、水一程，绕回古饶州城，从闽西永安县直驱东南沿海。高铁换慢车，慢车再换小车，算了算，到安溪用时九小时。在一个高铁时代，城际出行，已经是朝出夕归，让人不禁嗟叹：噫吁嚱，行武夷泉州难，难于上青天。

好在一路顺风顺水。从武夷之巅黄山岗至桐木关至水关至上饶城，果真一个半小时抵达，还余出四十分钟午餐时间，准点登车。下午三点半左右抵达永安站，却被告知要出站，重新候车。天哪，这可是高铁站，永安南，永安难安哟。出站改乘绿皮列车，悠悠行迈远，蹒跚复蹒跚，慢生活从永安南送点吃的候车的那一刻开始了。

他在候车室里坐了下来，择检票闸口一侧，倚在铁椅上，小憩，闽西天气燠热，斜射的太阳从穹顶落下来，身上流汗，眼前时有旅客聚集排队，来去匆匆，不断刷身份证进站。他看过去，众生芸芸，如生命之河，从闸门口流向远方，或者流归故里。放任思绪神游，行想，脑际蓦地掠过几句诗，完全是无厘头，山回路转不见君，云山策杖，叹路遥寄予，何处是归途？是唐朝诗人岑参的浅吟，还是大清魏元戴的嗟叹，抑或南宋陆游南望王师又一年？芒鞋留痕，心结万里远，眼前晃动的人流在变形，摇晃。时光晃回了千年，彩色的河流变成了默片。浙闽古驿道，驿路无花，只有一望无际的芦荻。芦花白了，胜千山暮雪，秋风起，像遮天蔽日的挽幛，泣挽一座国都的沦陷，一支古族的南迁。

都说这是衣冠南渡吧。西晋末年，八王之乱，宫乱、战乱、兵燹、杀戮，华夏王朝史称最黑暗的一页。皇室无安，世家贵族亦然，黎民更不堪涂炭。终于，永嘉元年，晋元帝司马睿偕王导南迁建邺，琅琊王的北方士族与百姓相随，晋室政治中心从洛阳东移江左，这就是中国历史上著名的"衣冠南渡"。可是晋元帝在位七载，朝中大事皆由王导、王敦世族主导，以致皇帝令不出宫墙，郁郁而终。大唐书法家，秘书监虞世南翻阅这段历史，拍案而起，道："元帝自居藩邸，少有令闻，及建策南渡，兴亡继绝，委任宏茂，抚绥新旧，故能嗣晋配天，良有以也。然仁恕为怀，刚毅情少，是以王敦纵暴，几危社稷，蠹国纾祸，其周平之匹乎。"臧否，惋惜，慨然叹之。

南渡千载，其实根仍留在河南老家。他曾数度入泉州城，晋江、洛阳江两岸的闽南人的村落，皆是以三姓分晋，以洛阳城命名身旁的江河。人主纷纷建北方四合院，燕尾脊，白条石外墙之上砌红砖，怀念遗落在中国北部的祖先之魂。言及老家何处，不是说老家河南，就是讲河东陇右人家，或者出自洪洞县大槐树下。更多的则是伊水的洛阳城，四百八十伽蓝寺，奉先寺的卢舍那大佛已经开始建造了。不忘故里，安溪人、晋江人、洛阳江人才会以安平桥、洛阳桥，度岁月与众生。但是，更多的闽南人则说，他们是靖康耻后，避战乱，再度从浙江迁至泉州安溪一带的。

一壶铁观音煮江山，今宵别梦残。终于，等到了驶往安溪的绿皮列车，是一节硬卧车厢，走进去，便有久违之感。将近十五年了，他再没有坐过这样的火车，旅人几乎满员，横七竖八躺着，连过道上都坐着人，鞋子遍地，各种气味都有，这是他熟悉的，也是渐次陌生的人间味儿。燠热的夏天，这种味儿几乎让人窒息，好在车厢的空调很凉，让一颗烦躁的心，顿时冷却安静下来。他找到自己的床铺，坐下来，将卷过多人的薄被拉过来，盖在身上，依枕遐想，列车犁崇山峻岭而行，不时穿越隧道，一会儿天光万丈，一会儿坠入黑暗，一会儿行进于光明之途，一会儿驶向历史的夜暗，一如闽南人从中原人走近安溪的日子，过尽千山。来路、去路，岖岖坷坷，泡一壶铁观音，品茗，品岁月与日子的苦涩，将灵魂与心性，泡得安静下来。

3

抵安溪东时，已是薄暮时分。见到接站的人，说离县城还有十公里，二十分钟车程，心静下来了，再远，也不再是畏途，更何况归处，乃万家灯火。

夜幔渐次落了下来。黛色的山坳，沉入暮色苍茫中，犹如从头上罩下铁铠甲，一副武夫赳赳状，使他想起了铁观音传说，说是将军武夫发现的，不禁哑然失笑。接站的文联工作人员说，今晚有场大型歌舞《铁观音》，问看不看，他说当然去。往县城方向走，人间天河次第向他扑来，渐行渐近，听说他未吃晚餐，接站人员找了几家饭店，皆为猪肉之类，他说就吃一碗面线。他们说找一个熟人的餐馆，于是，向县城中心驶去，向人间烟火处寻找而去。忽然间，一江灯火蜿蜒于城中，河成湖，疑是银河落晋江，波光粼粼，水在城中央，城在水中央，人在水边上。心里倏然升起一种温馨感。

到街边一家小馆，喝了一碗汤，吃过面线，便驶往安溪大剧院。路不远，且在街边上，抵时，人已经到齐，诸多老友已经落座，也有个别新识，相见甚欢。刚坐定，演出的钟声响起，一场关于铁观音的前世今生，在舞台上一一呈现。第一场便是在载歌载舞中，给贵宾席的嘉宾敬茶，他与众友起身，接过一杯色汤渐红的铁观音，剧院里香茗茶雾，袅袅，他喝出了松枝烟熏的味道。

　　铁观音，松枝熏烟味？不会吧，梦里不知身是客，疑在武夷喝肉桂。可是此时他客居安溪，并不在武夷山南哪，怎么会喝出岩茶的味道？乌龙茶，舌尖地理，味蕾时空，从古至今应该是水仙，兰花之味呀。味觉、嗅觉错乱，一壶茶水共山河。

　　一天的奔波，他真有些疲惫了，似睡似醒，亦梦亦幻。舞台上，是高甲戏的丑角撒欢，还是大宋年间的采茶女水袖高抛，他有些恍惚了，迷失在大宋年间……

　　应该是成平四年吧，时光之河恰好流至上一个千年的第一年，刚坐了三年龙椅的宋真宗赵恒，下了一道圣旨，庙学合一。其实古已有之，只是大宋重文，将祭孔的文庙作为学馆，供县境内庠生读书。于是，泉州境内又一座文庙在凤城镇南街拔地而起。凤翥晋江，老凤清音雏凤声，只待春闱一鸣。与之时髦相随的，是茶道的兴起，茶汤在汝瓷或钧瓷盅里搅动，用一把竹刷一搅一刷，白云落盂中，终搅成乳汁般的泡沫，浮涨于茶盅之中。此为宋式茶道，起于西京汴梁城，先盛于宫廷，传入世家，后在清明上河图所绘的酒肆茶舍里流行。远在南海边的安溪学馆，也从下游晋江的瓷灶窑购得青釉的盂打茶，用盏托来喝。其打的茶原料，堪称天圣之叶，为北宋初年安溪驷马山之东圣泉岩安觉院的裴姓高僧所种。

　　彼时，信众来寺里烧香拜佛，夏秋之季，寺庙备有茶水，偶一喝之，有兰花味，有水仙清香，惊呼是什么仙草？裴氏高僧说，仙叶圣树。于是圣泉岩苍生皆向安觉院的主持讨圣树而栽。茶叶传至凤城镇的文庙里，县里的庠生都以圣树之叶做茶，打出今日在日本最流行的茶道。

　　时隔八十多年后，为元丰六年吧，安溪大旱，请来大乘佛教一代高僧普足祈雨丰年，求雨成真。普足被留在了清水岩，那天，听说圣泉岩有圣树青叶可采，便沐浴焚香更衣，登舟，跑一百多公里来此购茶，看到圣泉岩茶树上，先叫一只凤鸟鹄立枝头，轻啄新叶，见有人走过来，振翅东飞，云间，留下一片清风声。后又有一只小白鹿来轻啜青枝绿叶，普足惊呼，天地造物，果真圣树，遂移至始建于大唐的寺庙里，供文庙学子和弟子打茶。

一壶煮江山。梦断大宋，临安初雨，他被采茶戏所惊梦，采茶姑娘迤逦道上，又一帮中原人从浙江迁至了安溪。南宋制茶道，茶叶名曰青绿。

4

是夜，观毕《铁观音》，安溪文联筱聆主席邀请作家夜宵，摆到桌上的陈醇，竟然是当地的老酒，酒瓶上长满了蛤蜊，他惊呼，这酒瓶为何会衍生海生物？

藏于海底呀。筱聆淡然一笑，说此酒在深海里放了十年，等于海水洞藏。

拧开盖子，果然酱香四溢。配之一壶铁观音，半吹君子风，半兴高阳酒徒性情。果然，那天晚上，三盅两杯下肚，他呈微醺状，餐厅里边摆了笔墨纸砚，借着酒胆，为众友写字之余，题了一句话：一壶老酒醉江山。酒耶，茶耶，情耶，山情耶，国祚耶，一壶文心在安溪，血红的乌龙茶汤映山河呀。

翌日午后，他们去了安溪山里，避暑胜地尚卿乡黄岭。游览过北宋年间的冶铁窑址，于展览馆的天井里，畅谈文化助力新农村建设。泡一壶铁观音，茶盏依然是宋风，金黄的、琥珀红的汤色，茶雾如一缕云烟，飘浮于四合院内，上达天心，下接地气，望着茶盏里落下一朵祥云、一抹湛蓝，一派天荒地老的古韵。他蓦然有一种与斯地、斯民、斯人相通的古意。安得一抔青叶绿，濯得乌龙枕安溪，梦古人，青山依旧在，几度芦荻白，浮名皆付与苍烟落照；揽山河，流云落石阶，扫落叶的僧人仍旧素衣长袍，几杵晚钟，只留得一壶禅茶渐冷。

　　然，血总是热的，历史的心跳就像地下岩浆一样贲张燃烧，千秋万代不熄呀。那天晚上，在黄岭上，依旧喝酒瓶上长满蛤蜊的深海洞藏陈酿，微醺时写字，竟与大清名臣李光地的第十四世孙女李银萍不期而遇。沧海桑田，乡梓隆兴。彼远祖在康熙年间重修安溪文庙的故事，传为佳话，身为其后人，李银萍大学毕业归乡，从基层做起，现为尚卿乡宣传委员，报得三春晖，不负这片乡情乡土，他挥毫为其题了一句话：共一壶山水。赋茶铁观音，慰己，以赠他人。

星宿海里看星星

又在玛多住了一夜，已经习惯了小城旷野夜风，声嘶力竭。夜已阑，声音渐次小了，黎明前的玛多县城，静若处子。被清晨的阳光唤醒，跃身而起，拉开厚厚的帘幔，穿隆湛蓝如扎陵湖、鄂陵湖之波，曦光四溢，红了一座县城。

行程安排将离开玛多去玉树，翻越巴颜喀拉山，那座蒙古人眼中富饶、青黑色的山，但是要经过一片星罗棋布的海子，《旧唐书·吐蕃传》称为星宿海。在他的阅读记忆中，他已经神游数遍，登临群山之巅，鸟瞰万千星星落大荒，这是怎样的一种境界。

吃过早餐，喝了几杯酥油茶，身体热了。离开玛多时，还有一件事情要做，游览岭·格萨尔文化博览园。离开时，他问自己，此别还会再来吗？往旅社四楼瞅了一眼，今生今世的体温、气息、信息，便永远遗落于玛多了，也许往生轮回之时，再来寻找留在黄河源的魂魄。

前方，独角神马金箭的影子在移动，英雄梦想沉到黄河里，飘向远方。健步下山，登车，朝着星宿海驶去，白天去看星星，那是一种怎样的浪漫与神奇。

出玛多县城，一路向南，从扎陵湖边驰过，向着星宿海疾驶，寻梦，喊魂。当年，他读《旧唐书》，曾经不止一次地遥望大唐遣吐蕃使刘元鼎、王玄策等人，过了黄河沿、柏海，策马走近星宿海，看到一个个海子、池塘，像上苍之手捏碎的珠子，落到了那山峦起伏的巴颜喀拉山南麓，镶嵌在东昆仑雪山与旷野之间，数不胜数。也许星宿海离天最近，到了夜晚，一条巨大的星河从深邃处落下，巨大的星幕犹如钻石般闪亮，将远天野岭连成一片海。这样的星河奔涌，才是黄河远上白云间，才是黄河之水天上来。粼光闪烁，让坐在帐篷前的大唐士子惊呆了，颇有一种"纵幕天席地，居无庐室，以八荒为域，日月为扃"般的诗境。于是，将一块冰、一把雪揣到怀里，用体温化冰为水，研墨，蘸着生命的膏血，记下了星宿海的星光巨流河。其实，在四川甘孜州稻城、西藏阿里，中国科学院建有观测站，天气晴好时，黄昏将近，夜色温柔起来，便可看到天幕星流奔来的极天之境，直至拂晓。

在星宿海能看到星星吗？他轻拍扶手叩问，今夜不宿星宿海，何处去望星空呢？出玛多县城北二十多公里，寒山与星海不曾入梦来，今晨别梦短，一梦未尽，车已戛然停下。见路边牌子上写着"星宿海"三个大字，一脚跨出车门，他颇感失望，刚才在县城还万里无云，此时天空飘来厚厚的云团，水蒸云积，湖呈铅灰色，阳光被乌云遮住了，且有些冷。公路下就是星宿海，与他书中、梦中、想象中浮现过的星宿海截然不同，似乎隔了很多光年。从马路沿上走下来，眼前就是湖泊，弯弯的，一个舌状湖泊，绕沙丘浅滩而居，据说水流向鄂陵湖。

往湖边走去，他的脚步突然变得沉重起来，千万里追星宿海而来，少年观星在梦中，青年看星在书中，中年望星在旅途，而衰年呢？当他真正走近星宿海时，湖面只有一行江鸥在水上，见游人走来，一点儿也不惧怕，折头往湖心游去，欲出他们的视野。远眺江鸥的水迹越游越远，飘飘白云低，芜野一群鸥。它们是从大唐飞来的，还是在大元落下的，抑或从大清国而返？其实，自从汉武帝在朝堂上听任张骞所说，便钦定黄河源出于阗国之西的昆仑山，太史公和班固治史时并不苟同，多有保留。时光漫过大唐，一代开国名将李靖携李道宗、侯君集率兵追击吐谷浑，曾兵临星宿海，然战事忙乱，无暇欣赏星宿海的星星奇观，更不知河源就在前方。到了元代，元世祖忽必烈派都实考察黄河源，打马而行，走到了扎陵湖、鄂陵湖、星宿海。1315 年潘昂霄根据都实的实地勘查，写出了《河源志》，指出黄河之源在星宿海西南百余里处；而《元史·河源考》称此处"水从地涌出如井，其井百余"。到了大清康乾两朝，仍关注这片星宿海。康熙四十三年，康熙命拉锡、舒兰探河源，也到了星宿海，发现了三条河流，但是，并未走到真正的河源处。回京后，绘制出《星宿河源图》。乾隆四十七年，皇帝派侍卫阿弥达"恭祭河源"，再次考察源出昆仑。阿弥达不仅抵达星宿海，还西行三百里，溯拉锡、舒兰发现的三条河流而上，直抵星宿海西南的阿勒坦郭勒河，即今天的卡日曲，确定了黄河上源。

四位帝王钦定黄河源，大元、大清的皇家行者环星宿海而行，夜观星河，那只是一种自然星光，可是青天白日里，能看到星星吗？那可是天地异象。冥冥之中，他仿佛看到这些先人还攀上雪岭，看到了星流如海。

江鸥渐远，回到车中，他雅兴未减，莫名其妙地改起老杜的诗："月低芜野阔，星涌大河流。"他相信，星宿海的星星不仅黑夜可观，白天同样可以一揽入怀，只是缘未到，不是时未至。果然，车往前行驶了一段时间，太阳融尽云海，跃入天际，平原渐渐从倒车镜中远去，车子驶向山岭，渐次升高视野。他从车窗看出去，偌大一片河谷，星星点点，宛如上苍手持一个巨大的银镜，顺手拽过太阳金锤，一锤砸破银镜，碎成万千银片，落入星宿海，碎成大珠小珠落洪荒，成为数也数不清的春花溪、桃花潭、秋水池，如星、如月，似日月潭、似昆明湖，似洱海，更像邛海、洞庭、鄱阳，若太湖般的大，惊现于他的视野里，浩浩荡荡、蔚为大观也。

天尽头，碧水连天涌。太阳钟盘旋至十二点钟位置。车将至山巅，他突然疾呼，停车，看到星宿海里的星星啦！司机停车，皆移步下车。伫立于群山之巅，俯瞰河谷，卡日曲、约古宗列和扎曲三条河流，或断或流，或止或淌，汪出上千大小不一的星湖，当顶的太阳照在湖面上有所反射，微风吹起涟漪，湖泊、星海，每一个池塘，每一个湖泊，每一朵浪花，都是一颗星星，巨星、流星、彗星，在阳光下跳荡、追逐、闪烁，随风起舞。

星宿海里看星星，今日星光如此灿烂！

舌尖地图原乡

1

天还在下雨，暮色已经浓了。湖光山色不再，红木小镇像罩上一件黑色长袍，沉落在烟雨朦胧与暮色之中。他们坐在一家酒店大包里，听雨，观湖，品衢州龙游美食。人皆喝烈酒，唯有他独喜黄酒，与两位文友对饮成三，三瓶下肚，陡升景阳冈十八碗的英雄胆。人呈微醺状，飘飘欲仙，那感觉妙极了。酒足饭饱，他步出宽敞大门，行至大平台，与家人通话。雨从湖上飞过来，落在脸庞上，清凉的，像故乡云南的雨，有点甜，甚至还有酥痒的抚摸感，点点滴滴，落在脸上，滴在石阶上，敲在他的心坎上。他与家人说了好一阵儿话，饭桌上有人大声喊他，说主食上来了，是碗面片，好吃得很。他摇头，一点儿也吃不下去。可是还是禁不住多人蛊惑，他从平台走回原位，一看，桌上摆了一碗面疙瘩，酷似当年大板桥老家母亲搓过的面泥鳅，或者叫面鱼儿，长长的，两头尖尖，粗不过筷子，清汤、葱花，加点酸菜，或者再加点猪油，香爽诱人。他嗅着，很像少年吃过的面汤。遂拍了一张照片，发给老家做大厨的三弟，问这碗面疙瘩，是否与母亲搓过的泥鳅一样？然后俯首一品，居然吃出童年的味道，他大口吃了起来，将乡愁的氤氲浓缩到舌尖与味蕾里。

到浙江好多趟了，巡弋城乡之间，他不止一次发现，这里的生活厨具、食材、烹饪做法，与云南老家酷似。其实，彩云之南与之江，山高水远，隔着八千里路，云和月，怎么会在食材做法上如此契合，他有些讶异，比如蒸米饭的木甑子，比如糍粑、年糕，中午在古民居里吃的发糕，还有毛豆腐、炒米线。而这碗面疙瘩，与少时妈妈做的搓泥鳅一模一样。身在异乡为异客，却无陌生感。处处氤氲着乡风、乡雨、乡愁、乡韵。一位文友一语道破天机，一笔写不出两个徐字，衢州为姑蔑国，为徐姓先祖所建，也许你就是当年的徐国子民，从江南迁徙到西南极边之地。

真的？错将他乡为故乡，还是真正寻到了云南徐姓的原乡，他有些恍惚。好多年了，那个问号，拉直成一个天问，凡有乡井处，便吟饮水词，就是游子的原乡。那天在龙游县板桥村时，他怔然，他的故里在昆明城东，也叫大板桥哇。鸡声茅店月，人迹板桥霜。七月梅雨季的龙游，没有霜天，只有黄梅雨，还有一瓶瓶绍兴黄酒，点点滴滴，将乡愁化作一个个舌尖上的地理标识，给了他一个温馨的答案，他寻找了半辈子的密码，终于被破译了，他的徐氏先祖就像那碗里的面鱼儿一样，一江春水向西流，从浙江大地，从衢州姑蔑国，千万里大迁徙，向着西南边陲迤逦而行。

2

那天，他从济南坐高铁来衢州。纵使云卷风驰，抵达龙游时，已是夜里十一点多。六个多小时的车程，旅途劳顿，洗过澡后，很快沉入梦乡。因为睡眠质量差，他一直处于浅睡眠状态，梦魇不绝于夜。一枕残梦到天明，天之尽头，是百鸟朝凤，是鸟啼破晓。风从高天吹过来，居然挟着新安江的雨，钱塘的风。摇哇摇，不是在乌篷船上，而是酒店大床房里。清晨鸟鸣声，胜似一场音乐会，将他喊醒了，打破了城郭的寂静与沉睡。他有点讶然，在十七层的酒店里，怎么会有这般清脆的鸟啼呢？

先是黄鹂的叫声，父亲当年养过，体小而嗓子好，尖啸如竹笛，似有一种穿透天空的悠远。继而，是画眉的晨曲，清脆悠长，一唱便是鸟儿王国皇后的美声，长一声、短一声，时而高亢，时而激昂，一声清音声动一城。再后来，则是鹧鸪之唱，旋律短促，喊山，林中低吟，一句余韵未尽，另一声又起，穿越时空，连接着伤逝与重生。然，季令已经入夏，鹧鸪还在最后挽春？后来，是一场百鸟叽叽喳喳的合唱，他躺在床上，听着龙游的百鸟晨曲，有一种梦回故里的感觉。

好一座生态之城哟。晨光潜入房间，负氧离子和湿润感弥漫于室。他拉开窗帘，却是另一幅图景，衢水纵横，钱塘风来，一个盆地惊现于他的视野中，远处的高速公路与河流，将一个南国小县城，装扮得如此之美。

故乡在哪里？原乡归于斯。多次来过之江大地，他觉得，衢州更像他的故里，冥冥之中，他像一个拾野生菌的农夫，找到了寻宝的路径，那就是食材，舌尖上的地理方位。

犹忆少年时，大年初一，母亲总会早早起床，做发糕，那天是不能动刀的。午饭是吃发糕，一笼发糕熟了，母亲先祭祖，然后分给他和弟弟妹妹吃，说吃了发糕，一年会升糕（高），节节高升，日子一年比一年好。

那天上午，他们在一个整屋搬来的古民居里"神游"，眼前一座座江南氏族豪宅,门上砖雕似曾相识。从大门顶上始,镂空浮雕镶嵌在门上,第一层为麒麟瑞兽、雄狮、蝙蝠、莲花、绣球,瑞兽憨态可掬,花则工笔铺张,一点儿也不遑让黄杨木雕。再上一层,则为古树城郭,奇石仙葩,柳暗花明又一村。第三层则是古戏场面,演的是英雄义胆,才子佳人,金榜夺魁,洞房花烛夜,然后上书四个字:世泽绵长。顶部又是一层云纹,回形图案、灯笼柱和斗拱,都是从泽随古村等地整座古民居原样搬迁,尤其是那栋写着"高冈凤起"的古屋,门阙飞檐斗角,如双凤飞翔,凤翥九霄,四进院落,极尽江南世家的豪侈。

"世泽绵长""高冈凤起"。蓦然回首间,他觉得这两个题匾寓意甚佳,世泽何年是乡亲,凤起高冈故人还。中午,在古村落一隅午餐,桌子上居然摆了发糕,他惊呼,这是云南老家过年初一的中饭,先祭祖,再饷午哇!

"龙游发糕,天下小吃一绝。凡有良辰佳节红白事,我们都要蒸发糕的,也不忘祭祖,你们老徐家的祖上,也许就在泽随村哪!"当地文旅局长说。

好一个泽随。他有点愕然,沿着舌尖上的地理线路,他居然一步步走向了自己的原乡。

他读《史记》,知道徐氏出自嬴姓,是东夷少昊之后代,相传其祖伯益因辅佐大禹治水有功,夏禹时其子被封于今天的苏北与鲁南一带。徐国历经夏商周三朝,周穆王时,传至第三十二代徐君偃,已经非常强大了。春秋史官皆有记载,徐君好行仁义,乐善好施,让百姓休养生息,彼云:此地可养吾生民兮,以求万世。徐姓百姓和泥烧砖,夯土筑城墙,一年又一年,百姓城外建村庄耕牧旷野,春播秋收,种桑养蚕,衣食所安也;但是对于城郭里的居民,徐偃王想江山永固,加高城墙,以防别的诸侯国来袭。岂料此事一传百,百传千,风一般地吹向北方,传到了镐京，惊动了西周天子。徐国城墙高于镐京，等于有"僭越"之嫌，徐君偃想称王乎？周穆王遂下令，派鲁侯远征徐国，将徐偃王擒来问罪。毕竟，周王朝是有规矩的。大军过大河，转道泗洪，四乘骑、八乘骑的战车，风尘滚滚而来，楚军也加盟远征，击鼓过河。千军万马围住徐国，如铁桶一般。军队过了护城河，将进徐国城下，只见一城百姓皆跪于道上，父老乡亲哀求，徐君偃乃贤王，治国有方，爱百姓如父母，放他一马吧。一城百姓都称徐君贤，跪求王师。

王师观此景，命令士兵让出一道，让徐偃王与百姓逃之夭夭。在大军压境下，徐国只好南迁淮夷。

最是仓皇辞庙日。徐偃王弃国出走，一个徐氏大家族人，万余众生扶老携幼，向着烟雨江南而行，步履逶迤，因为其颇得民心，跟随他进山的百姓数量众多，徐偃王躲进彭城（江苏徐州）武原山中，这座山亦称徐山。风声过尽，千万里走来，过了一村又一村，大平原成了丘陵沟壑，终于走到了衢州龙游一带，徐偃王马鞭一指，就在金衢盆地建都城吧，此乃姑蔑国的所在地，就在当今龙游一带。

那天，他在浙江衢州博物馆看到唐代大文学家韩愈撰写的《衢州徐偃王庙碑》，碑文记载：

> "穆王闻之恐，遂称受命，命造父御，长驱而归，与楚连谋伐徐。徐不忍斗其民，北走彭城武原山下，百姓随而从之万有馀家。偃王死，民号其山为徐山，凿石为室，以祠偃王。"

他伫立在衢州徐偃王的画像前，心里轻轻地叩问，图上的人像他，还是他像图中人？呸呸呸，掌嘴，怎么敢称圣王？惊骇后，不免羞赧一笑，内圣为王，殿堂江湖皆宜，他双手合十，向这位徐家先祖鞠躬致意。

3

红木小镇的夜晚，吃完面条，他仿佛觉得碗一翻，母亲搓的泥鳅、面鱼儿，游进他灵魂的内湖、精神的大河。碗里的面鱼儿，一碗，一池，一湖，一河，骤然游动起来，从衢州游向遥远的西极美地——云南。少年吃过的妈妈搓的泥鳅与面鱼儿，满足了他对遥远原乡的想象与追溯。

逝者如斯夫。时光之河淌到了大明王朝，和尚出身的朱元璋入主金陵城，突然折腾起来，将半城居民迁至奉阳，而将江浙百姓迁进南京城，随后填湖广，填四川，再填云南。驿道熙来人攘。他伫立在昭通盐津豆沙关上，帝国的五尺道上，每个马蹄印里盛满了雨水，那是先祖一双双眼睛闪烁，或明亮、或喧闹，或黯淡、或凄楚。那一双双泪眼，镶嵌在云南道上，马蹄印里，盛着一条条面鱼儿，一条条面搓的泥鳅。百姓如鱼，官家绳子一拴，押解着走向四面八方。多年前，他曾问过父亲，老徐家从哪里而来，父亲答曰："南京高石坎，老柳树下。"遥想当年，徐氏一族发于金陵，跟着沐英，一根麻绳手拴着手，从江南跟跄走向云南，且将他乡做故乡。

"溯洄从之，道阻且长。"他千万次的追寻，终于从极边之地云南追至了古姑蔑国。那天中午的发糕、还有后来的搓泥鳅，就像追着一条鱼儿，引领他找到了源头，还乡千万里，原来他的原乡，就在姑蔑国的地盘上，史书记载：姑蔑国是春秋时的小国。附属越国，区域覆盖浙江衢州全境，国都位于衢州市龙游县境内。刹那间，历史的烟云向他涌来，将他湮没了。

梅雨一直在下，暴雨袭来，经历了一代代的风雨，他终于走到了属于自己的村庄——泽随村，一个徐氏人的村庄。据说，徐偃王藏匿于徐山后，有一天他带着一只猎犬出去打猎，狗追兔子和鹿到了一个台地，猎犬太累了，抑或它的嗅觉闻到了什么，坐卧在此，嗷嗷地叫。徐偃王打马追过来，唤狗不起，马鞭抽它也不起，他遂跳下马背，站在野山坡上，环顾左右，好山好水好风光啊，坐北朝南，后边，一个盘龙横亘山岭，朝前，两个池塘如两条鱼儿，旋转了一个八卦图，上边一条阳鱼儿，下边一条阴鱼儿，搅动一片大好河山。他惊叹，在此建村，可以厚我徐氏万代。于是，一个叫泽随村的村庄，在这片山水中骤然崛起。

数千年往事，烟雨般地朝他涌来了。

入梅后，一场强降雨，新安江上游涨水了，衢州水满，浩浩汤汤，昨天还清澈见底的江面，浑浊了，雨点落下，像一双上苍手指在巨大的铜镜上，戳了一个个眼，湖面、江面，瞬间千疮百孔，映衬着徐偃王的春秋大梦。

雨好大呀！车进了泽随村，恩泽雨露今犹在。一场连一场的梅雨像瀑布般落下来。下车，地面上汪了大片雨水，陪同人员遥指前方村前的两个池塘就是八卦池塘，上湖为阳鱼儿，下湖为阴鱼儿，旋转着，走过了千载岁月，给泽随村带来好日子。

眺望，两个湖如两条巨大的鱼儿，搅动了八卦村的寻常人家和平凡时代。

听听那冷雨，看看那两个阴阳湖。每个游子心中，都有一个八卦图。入村，沿一条小巷右拐，古村民居，大多建于宋、元、明之间，雨巷深深，不见撑纸伞人，难得娇娘回眸，更无佳人倩影。走进一个寻常人家，进门一个天井，落雨存于天井石缸中，寓意肥水不流外人田。纵是暴雨如注，八百年过矣，千年如斯，村里下水管网依然可用，顺着阴沟，由高向低排入村前的池塘，哗哗地。八卦池塘，水满，溢向沟里，融入衢江，再汇入钱塘江。

雨巷无人君自来，不知为何，他觉得这个古村，与他有一种天然的感应。故乡，原乡，也许云南昆明城东大板桥驿徐氏一族，就出自徐姓的泽随村哪。

暴雨仍不愿停歇。躲雨，无意走入村里的文化活动室，此为民国初年建筑，为一位小学校长所修。两进院，前边一个大天井，穿过大堂屋，后边有两个小天井，中间是正屋，天井的门窗、格子门上，皆为浙江黄杨木雕匠人留下的镂空杰作，梅兰竹菊、琴棋书画、五子登科、洞房花烛、鲤鱼跳龙门，尽是好寓意，工艺刀法不输大国工匠。

风雨故人来，他算故人吗？抑或是，也许不是，他只是故村故人的一个徐氏后代，从遥远的云南而来，像朝圣般的，按照舌尖地理分布图的路线，回到了他梦中的原乡。

那天晚上，他吃完了那碗面片儿，有点乡愁泛起，梅雨渐次停了，他仿佛做了一场梦，变成一条舌尖意义上的鱼儿，返回了自己的徐氏村庄。

那条泥鳅和鱼儿还在游，宛如雨巷边的水沟，落雨成溪，咆哮入河，引领他走到了村前池塘。雨还在下，池塘水陡涨。风中、雨中，那对阴鱼儿、阳鱼儿搅动起来，八卦阵成，风吹雨润家国江山，然后宁静为每天的好日子。

泽随万代，休养生息，故乡可以看兮，可以抚摸。你、我、他，都是人间长河里的一条鱼儿，大河里有水，小河里的鱼才不至被晒死，家国安宁，就是众生的好时代。

回乡路漫漫。诸君，你找到归乡的路了吗？舌尖上的地图，不失为一个好路标、一条捷径，引得他千万里从彩云之南，找到泽随村，风雨夜归人，日丽佳人随。

好一城龙游的美食哟。

歌尽桃花雪域风

那天下午，乘坐西藏航空公司的班机，从北京飞往拉萨，倚在前排舷窗旁，脑际莫名跳出一个词：北冥有鱼，借着大鱼的翅膀，飞往莲花相拥的圣城拉萨。飞机一路向西、向西，朝着北芁野地去，掠过大西北，越昆仑而过，向着念青唐古拉山和万里羌塘而去，傍晚飞抵雅鲁藏布江上空，近地，朝着雅江河谷俯冲而下。接机的西藏文联藏族兄弟，给我献上一条哈达，挂于脖子之上。我自拍了一张，发到朋友圈，写了一句话：回到拉萨，回到布达拉。喊魂、找魂，找回扔在这座西高地上的人文初心和信仰之魂。

山寺桃花雪域开。2019 年三月的一天，北京冬日残雪未尽，雅鲁藏布江两岸雪山的桃花却开了。西藏自治区作协主席吉米平阶，邀我去参加桃花节。刚卸下这身穿了四十四年的戎装，成为退休队伍中的一员，一介平民，终于觉得自己穿着军装的责任和使命的写作落幕了，今后该写点自己的东西了。于是，我将此定为写作之旅壮年变法，寻求一个突破点。

恰好此时，西藏向我招手了，而且是雅江两岸的千年桃花，不同季节我都进过西藏，唯独未看过三月天的桃花、李花、梨花始盛开。故我推掉了央视某节目的采访，去林芝看桃花。

　　天有彩云，地有众生，山有雪峰，江有千载古桃，这是我第二十次入藏地。是一次上达天心，下抵苍生百姓的真正意义上的写作之旅。而人间三月天，我要去的地方，自然是西藏的江南——波密、林芝。活在春天里，去神游西藏的千年桃花林，伫立于雅江江畔，一树雪红一树春，望尽幽谷白雪空山，一片桃花映雪红，歌尽后的感觉，那就是千年一树扇子风啊。

　　那天暮色苍茫，我登上西藏文联来接我的车子，驶往拉萨，前方布达拉将近，那种温婉感油然而生，半年之间，前度徐郎今又来，为的就是一观天上人间的桃花源里人家。

　　走过邦达仓家，抵达玛吉阿米的黄房子，已经是晚上十一点多，当时说三楼没有座位，但是等我们抵达时，已经空出一张桌子来。那天晚上，我将自己刚出版的《经幡》一书，赠以汪青夫妇，聊天、喝青稞酒到夤夜，才归。

　　翌日上午，我们登上一辆考斯特旅行车，朝着墨竹工卡方向疾驶而去，这是入林芝的通天大道，如今全程高速，过米拉山口，再不用盘旋上山，中午时分可抵工布江达县吃中饭。我知道此地是阿沛家的庄园，也是我的老首长阴法唐和李国柱结婚之地，当时就是一个牧羊人的窝棚。虽然我走过 N 次，仍旧抑制不住怦怦心跳，遥想当年，十八军官兵不住民舍，住牛圈和羊圈之中，让人肃然起敬。

　　但是，我最喜欢的还是桃花盛开映雪山的嘎啦村。那是与雅鲁藏布江两岸的红色、紫色、雪白色，与碧水蓝天交相辉映的古老藏寨，伴之以民族歌舞。令从汉地来的作家，对西藏的风土人情、歌舞《打阿嘎》了解甚多，我观故我在，桃花千载，落花未尽，唯有火一样的燃烧；花烧余烬，青春和年华不老；桃花落尽，春魂千年不死呀。

　　一切皆因林芝儿童福利院的一场采访，让我发现了"西藏妈妈"这个题材，当我们从波密的鲁朗小镇回来时，我便对吉米说，我要写这个慈航大爱——西藏儿童福利院的妈妈们。

随后，便是两个多月的采访。我从昌都市两家儿童福利院开始，沿317国道，环大北线，入那曲市儿童福利院采访；然后一路向西，远及双湖、尼玛等县，最终抵达冈底斯山下边的狮泉河，采访阿里地区儿童福利院；然后环喜马拉雅山而行，入日喀则，与那里的两家儿童福利院的妈妈们谈了三四天；再入拉萨城郭，在教育城对面的儿童福利院，邂逅了江孜帕拉庄园同一个乡的爱心妈妈卓嘎和她的叔叔、嫂子，领略到西藏路上的奇遇、奇迹。西藏就是这样，时间凝固了，文学就开始了，里边藏着神迹和人间烟火。采访最终从山南到了林芝，收官于此，一百多位爱心妈妈的故事，深深打动了我。整整一年时间，二十一万字的《西藏妈妈》才终于杀青了。

写下《西藏妈妈》最后一行字时，已经是 2022 年 6 月。北京城的初夏有点热，作家的心更像一片烈焰在燃烧、奔突，岩浆般在雪域、在横断山麓、在莽昆仑、在冈底斯，在喜马拉雅腹心地带奔流。那是慈航之帆，如雅鲁藏布江的惊涛，母亲爱河里的春波，小石潭里的清泉，让他无法抑制内心的激动。

比之世界，西藏妈妈的精神世界丰盈而圆满，温柔而博大，令他一次次拍案惊奇，西藏的慈善事业，"双集中"养老养少，至少超前其他省区二十年。朋友听我一说，皆哑然失笑，说西藏是边远之地，怎么可能比我们先进？我挥手劈下，说："错！西藏的'双集中'惠及百姓，老有所养，少有所托，弱有所安，穷有所扶。一千三百多年前，一代赞普松赞干布，在他与文成公主和尺尊公主住过的红山宫殿内留下了千年遗训：

　　我想要普天之下的老者，老有所养，不再冻死风雪；

　　我想要苍穹之下的幼者，幼有所托，不再流落街头；

　　我想芄野之远的弱者，弱有所扶，安得广厦千万。

　　一代赞普的梦想，经过了一千三百多年的历史时空，在新中国，在一代共产党人的手中，变成了现实。

　　当年从康区磕长头到此的众生，钱都献给寺庙了，便流落于街头，以乞讨为生。西方的摄影家、慈善家，从他们进藏时摄影留下来的老照片，可以看到乞丐遍地，一些少年在寒天里与狗争食……这也许就是我要写《西藏妈妈》的动力，为新时代、新西藏的慈善公益而歌、而书，留下镌刻在雪山之巅的文字。

　　"前方灶头，有我的黄铜茶炊。"想起了西部诗人昌耀的诗句，风景依旧，时间已过了千年，但是西藏的故事，还是那般神秘、诡谲、传奇，西藏各地福利院里的故事，犹如一个个现代版的神话，一片雪域上的中国梦，更是感人至深的童话。

　　如今西藏妈妈的故事，在内地广为流传，不少慈善家看了这部书，纷纷打电话给西藏自治区文联、作协，希望找到作家和儿童福利院的领导，大笔捐助，让我有了一份莫名的安慰感。

　　西藏妈妈既属于雪域，也属于中国，更属于世界，比之西方嬷嬷，没有半点的逊色。甚至有过之而无不及，而这样的故事，只有在改革开放的中国、盛世年代，才能从梦想变成现实。

　　松赞干布的梦想兑现了。当这篇创作落下最后一个句号，我还是想起那天从林芝采访归京的一幕，在米林机场登上国航飞机，只见铁鹰一鸣冲天，我坐在前排的舷窗前，俯瞰雅江两岸的千年野桃花、杏花、李花和梨花开至绚烂。冰峰依旧，雪山依旧，江水翡翠般的碧绿依旧，我从高原飞往人间，有一种从天堂里贬谪的怆然。扪心自问：西藏，我还会来吗？二十一次走遍西藏，还有什么吸引我吗？

雪山沉默，雅鲁藏布江三缄其口，流水淙淙，仿佛在说，你的魂扔在这里，过些日子，还会回来喊魂、找魂的。

是的。歌尽桃花雪域风啊！

我有重器堪干城

　　我在军旅生涯封刀之作《大国重器》的封面上，写下一联题记：沐东风而后知春浓，观长剑而后识器重，是从《文心雕龙》中化来的。句中的"东风""长剑"其实是两种导弹武器的型号，前者为20世纪五六十年代红遍中国的热词，不是东风压倒西风，就是西风压倒东风。毛体所书，东风汽车、东风机车，直至东风导弹，后者出自我的《大国长剑》。作为一名军队作家，这些年写了二十六部书，计七百多万字，我的文字能否成为经典，要看是否经得起五十年、一百年、五百年、一千年的时间淘洗。即便成为文学经典，在我心中也抵不过为国家、民族贡献一个词语、一个武器型号。

　　我为什么要写作，为火箭军讴歌、为普通官兵歌咏，一切皆缘起十六岁当导弹工程兵的经历。彼时，遇人生第一位贵人，接兵排长王爱东。那个年代，高中毕业就是失业，当兵犹如读一所没有围墙的社会大学，尤其当时是特种兵部队来接兵，政治要求严格，五百人去验兵，仅录取三十一人，我有幸位列其中。这支队伍当时有老红军、老八路等领导在岗，故我的躯壳、铠甲和血脉，深深嵌入了像李旭阁、阴法唐这样封疆大吏的风骨，以及接兵排长王爱东、老连长张英、政治处主任王家惠等人的气度与风范。生命中的贵人不绝于行，照拂、护佑我一生。

我随兵车去的方向，开始说是南中国海边，然，风雨桂林转兵，入山，非蓝海，乃林海，茅屋为兵营，为导弹筑巢很苦，但我觉得好极了。

为何当作家，缘起十九岁那年，我提干了，任团政治处书记。我所在的是一个为导弹筑巢的工兵团。一个连、一个营常常十载掏空一座山，筑起一座城，一座地下长城。原始机械，风钻、轨道轱辘、翻斗车，靠最原始的体力相拼，大塌方不时发生，总有死伤，一个班甚至一个排被捂进去的事故亦有发生。烈士陵园隔三岔五总在埋人，且多为晚上安葬。傍晚时分，组织部老吴干事带警卫排扛着铁镐、铁锹出门，一去挖墓穴，我就知道晚上十一二点要埋葬战友，其中就有与我一列闷罐车同时入伍的同乡，他们悄然去天国，青春寂灭，野草荒冢，魂守大山。我与老团长争辩，为何不让他们热闹上路，吹着唢呐、放着鞭炮，赤条默默来，轰轰烈烈走，结果挨了一顿叱责。老吴干事说："咱们当兵的守护和平，更要守护小城的安宁，频繁行葬礼，会惊扰了周遭的百姓。"彼时起我便萌生了一个念头，要写一部书，写我十六岁导弹筑巢的岁月，写那些永远沉睡在导弹阵地旁的战友。一个导弹阵地的建设，山这边，就会留下一座烈士陵园。

我忘不了到战略导弹第一旅某阵管连，正逢周日晚点名，除全连的官兵外，连长、指导员还会喊不在册的，永远也不会答"到"的官兵名字，那些静静地躺在导弹阵地旁的烈士。指导员一喊，全连官兵都在齐声高喊："到！""到"声响彻云霄，他们到了，他们从未离开，一直在、永远在。

云南蒙古族工程师周文贵就是其中一员。他死于周日，因为妻子刚随军，也没有工作，在临时营盘里开了一个小卖部，那天他要带妻子及一双儿女去县城照相，寄回老家。临行前，他对妻儿说，我再到施工的导弹竖井工地看看，结果几百米高的伪装网上一个鸡蛋大的落石被山风吹落，击中了他的安全帽，使他陡然倒下，再不能最后一瞥妻儿一眼。善后事落，妻子被安排到老家的县委招待所工作，携儿带女回到老家后无住房，母子三人只好栖身在一座古庙里，妈妈值夜班，八岁的姐姐抱着五岁的弟弟，经历了一个电闪雷鸣、暴雨倾盆之夜。我去采访，小女孩怯生生地望着我的军装，一句话也不说，其实自从爸爸走了，跟着妈妈撕心裂肺哭过之后，她再也不多说一句话，默默地去上学，又默默地回到古庙的家。我采访完离开时，那位曾经的军嫂说喜欢我们穿的迷彩服，看到就有安全感。我让摄像师脱下来送给她，三位男人噙泪而归。回来，将此事报告了领导，大伙都沉默了。那个夏天，火箭军夏令营在青岛举行，周文贵的女儿也去了，伫立青岛海滩，波涛拍岸，浪舌吻沙滩，她远眺海天，仿佛看见爸爸从云中而来，大声朝着大海喊道："爸爸，爸爸……"

还有一位贵州母亲，儿子刚长至十六岁，她就要送独子去当兵。征兵时，丈夫舍不得儿子走，她说一个好男儿，要先去当兵，补上军营这一课。结果，刚下连队不久，遇上施工阵地大塌方，少年壮烈牺牲。丈夫痛不欲生，处理完儿子的身后事，坚决要离婚。从此，她孤独一人，以度残年。唯一的寄托就是来看儿子，年年清明雨纷纷，岁岁清明离泪人，抱着墓碑长哭不歇，石碑被泪水都浸湿了。但怎么焐得暖墓碑，又怎能唤得醒儿子与她同归。

我要写他们的故事，起笔创作了《大国长剑》，一剑挑三奖，获得了首届鲁迅文学奖、中国人民解放军文艺奖和中宣部"五个一工程"奖，再写《鸟瞰地球》，烈士的名字从墓地抄下来，一百多位烈士名录，将近一个连，最大的五十一岁，最小的十六岁。

《大国长剑》《鸟瞰地球》出版后，我来到那座含裹昔日战友的烈士陵园，于墓前烧书，敬献给他们。刚开始天空晴亮，却遽然阴风四起，一片乌云吹来，黑云推城，天降滂沱雨。天泣哭、英雄泪，寂寞壮士路。天有灵应，山有灵应，人有灵应，鬼雄亦有感应啊。

两弹一星， 中国大决策

立国之初，百废待兴，可是毛泽东、周恩来这代人雄才大略，深具远见卓识。新中国大决策有三：出兵朝鲜、两弹一星、改革开放，荫泽后代，影响久远，让共和国的和平红利持续良久。

苏联不提供原子弹的图纸和资料，中国人跨不过核大门，进不了世界核俱乐部。中华人民共和国第一代领导人以敢驱熊罴的英雄气概，决定拥核。毛泽东看铀矿，用盖革笔试石头，嗞嗞作响，兴奋之情溢于言表，感叹地说，这是决定命运的东西呀。

这时候，他们在等一个人，等一群人，等中华人民共和国第一批"海归"，朝着东方归来。

大师的背影

第一位大师是钱学森，他先考入美国麻省理工学院，后投身到加州理工大学冯·卡门教授门下。德国投降后，参与美国科学家赴德调查团，主撰了一份科技报告，促成"二战"后美国科技和军事的崛起。美国海军部长金博尔说，一个钱学森等于五个美国师，我宁愿枪毙他，也不能放他回中国。钱学森被软禁五年，经过中国政府交涉，方获自由，踏上了归国之旅。

钱学森先生。

1956 年元旦的那场雪，那一堂高科技讲座，钱学森讲了关于导弹武器的概述，他是第一位提出建立一支"火军"概念的人。彼时，我的老首长李旭阁是在场听课的众人中军衔最小的军官，他是总参谋部作战部空军处的一位少校参谋，与军方中将、上将和大将同堂听课，记下了那激动人心的一幕。钱学森是一位可以撬动地球的人物，影响了当时中国的诸多决策，让毛泽东和周恩来有信心上马中国的"两弹一星"工程。

第二位大师是钱三强，他是中国核物理学界旗手般的人物，登坛一呼，响应者众，他请出来的人物，一位位都是响当当的，可震烁中国百年，甚至千年。

王淦昌，两次与诺贝尔物理学奖擦肩而过的科学家，曾就读德国柏林大学，师从迈特纳教授，他两次向导师提出自己的实验设想，却均被否决，结果英国学者按他的思路找到了质子，获得了诺贝尔物理学奖。抗战时，浙江大学不断迁校，他又一次与诺贝尔物理奖擦肩而过，他关于《探测中微子的建议》一文虽然发表了，但因条件有限无法付诸实践，最终被外国学者实验印证了，再次错失诺贝尔物理学奖。中华人民共和国成立后，他在苏联杜布纳联合核子研究所任副所长。祖国一声令下，奉召回国，改名王京，隐姓埋名十余载。

彭桓武，爱丁堡大学薛定谔的门生，《薛定谔传》中透露，波恩在与爱因斯坦通信时提到彭桓武，称中国来的"彭"聪明极了，数学尤其好。他的英国式的贵族故事令人唏嘘不已，而他被钱三强请来做理论部主任。

郭永怀，美国加州理工大学毕业，与钱学森同出一个师门，1954 年归国后，参与原子弹试验，20 世纪 60 年代末的一次飞机失事，与警卫员抱在一起，中间揣着原子弹的绝密文件，身体烧焦了，遗体扯也扯不开，他的夫人李佩，中年丧夫、带着女儿，作为中国科学院大学的英语教师，晚年办学，九十九岁仙逝，被称为中国科学院最美的玫瑰。

还有邓稼先，杨振宁的发小，著名的核物理学家，美国普渡大学毕业。邓稼先归国后，参加"两弹一星"试验，身体直接抱过未爆的核弹，后来得了直肠癌，做手术时，国防部部长张爱萍上将拄着拐杖，坐在手术室门口等候消息，最后力主对他的开禁，曝光他的核物理学家身份，向中国乃至世界宣传。时任国防委员会副主任的邓小平发布命令，升其为国防科工委副主任。他第一次，也是最后一次坐上红旗专车，来到人民英雄纪念碑前，感叹地说，再过十年，二十年，还会有人记得我们吗？

天地英雄就在身边

英雄未名，英雄无语，真正的英雄可能就在你身边。

我的老司令员李旭阁就是这样一位天地英雄。我二十六岁时，在他麾下当党委秘书，只知道他是一代封疆大吏，中将衔。然他退休后，1994 年夏，忽然写了一篇《首次核试验前后》的纪念文章，经张爱萍副总理审定后，让我拿去《人民日报》发表，读后骇然，老司令员原来是中国首次核试验办公室主任哪。这个秘密经历，他守口如瓶，保密一生，妻子不知道，原单位总参作战部不知道，他个人的档案里也未填半个字，一段辉煌的历史就这样被格式化掉了，不事宣扬，几乎隐匿一生。

1956 年元旦，天降大雪，钱学森在新街口总政话剧团操场给全军高级将领上第一堂课，讲导弹武器概述时，李旭阁在场，时战将云集，都是总部和驻京大单位的领导，他是军衔最小的。岂料这一堂课，竟使他与导弹、核武器结缘，最终走上第二炮兵司令员的位置（中国火箭军的前身）。三十年后，连钱学森也始料未及。

此后，李旭阁参加了中国首次核试验的许多高层决策会议，起草重要的绝密文件，甚至总参谋长罗瑞卿大将直陈毛泽东的信，也是他起草的。毛泽东如椽大笔一挥：原子弹既是吓人的，就早响！于是全程启动，他奉命与几位秘书一起编核试验密码："邱小姐梳辫子，邱小姐上梳妆台"等，意指第一颗原子弹插火供器、上空爆铁塔等语。

1964 年 10 月 10 日，两架专机接力，送一个密使归京，这个密使就是李旭阁。他的公文包里装着中国首次核试验总指挥张爱萍呈送毛泽东、周恩来批阅的绝密报告，他从核试验场出发，穿越罗布泊，前往马兰机场。途中，司机将一辆嘎斯 69 吉普车的轮胎跑飞了，居然没有翻车。到了机场，天色将晚，空军值班飞机飞不了夜航，只好中途转至包头，再转乘另一架专机，连夜飞回北京。

1964 年 10 月 16 日惊天第一爆，第一朵蘑菇云冉冉升起。首次核试验次日，李旭阁与一位摄影师飞临核试验场爆心上空，观看铁塔的扭曲变形，天上地上，皆是核辐射，可壮士不惧死，英雄不眨眼。一周后，他又陪张爱萍等高级将领和科学家徒步穿越爆心。那是中国军人生不惧死、死亦坦然的至高忠诚，他将一个大写的天地英雄壮举留在了西部天空。

将军暮年，战争年代的耳疾发作，几近失聪。我与他，一块小黑板，一支笔，将他在核试验场的两本工作日记，还原为一部《原子弹日记》。

邓稼先罹患直肠癌去世之后，其夫人许鹿希医生一直追踪记录核试验场功勋之臣的健康状况，发现他们大多因患癌症而殁，唯剩李旭阁一人。可 2001 年，李旭阁在 301 医院查出了肺癌，切除一叶肺。许鹿希感叹，最后一条"漏网之鱼"也未能幸免。

2012 年"八一"在北戴河海滨，最后一次采访结束，我请李旭阁题一首诗，他欣然答应，写在小黑板上的居然是大清顺治皇帝题在北京西慈善寺白墙上的七绝，"来时糊涂去时迷，空在人间走一回。不如不来亦不去，也无欢喜也无悲。"一个老八路，一位高级将领，如此看淡生死荣衰。

谁道英雄不怜情？英雄已随烟云远去，成为激荡人心的理想主义与英雄主义的时代余韵。

文学的落点对准小人物

文学的落点须对准小人物。唯有小人物，才是文学书写的永恒坐标。我有一个写作宝典：伟人平民化、平民伟人化、名人传奇化。

感谢我提笔开始写作的 20 世纪七八十年代，作家圆梦是一条通天大路，而当下的书写，因为有网络，作家梦的入口宽了，门槛低了，各种粗制滥造，文学泛娱乐化严重。这样的当下，感动我们的依然是小人物的故事。

小人物的故事就是中国故事，凡人的梦就是中国梦里最壮美的华章。我们时代和社会，正朝着"两个一百年"奋斗目标前行。然，伟大的复兴之梦，是由普通百姓的人生梦想连缀、叠加而成的。小人物之梦，构成了中华民族伟大复兴之梦的骨肉；普通人圆梦的故事，沉淀为中国故事的精神底色。唯有小人物的圆梦之旅一帆风顺，中华民族的伟大复兴之梦才会出彩。唯有基层官兵圆梦之旅精彩生动，军旅题材的书写才有持久的文学魅力。因此，我在《大国重器》中，尽管也不乏为至尊之人留名，但更愿将激荡人心的笔触对准小人物。心怀敬畏，将凡人举过头顶，淘一口深深的军事文学之井、世相之井、人性之井、情感之井、文学之井，蘸着这些淘出来的清澈之水，或泼墨大写意，或工笔细绘，或白描勾勒，写出普通百姓在圆人生梦过程中的艰辛、温馨和感动。最大限度地展示他们的生存、尊严、牺牲、荣誉以及生命的代价与崇高。苦辣酸甜里有民族的正气歌，欢乐忧伤中有国家的无韵《离骚》。

某新型号导弹旅三营副营长沈卫明和四营长吉自国的故事，就是小人物的追求。发射场比武，只选一个导弹营发射。结果四营操作时，漠风四起，一个插头盖被风吹远了，忘了捡，被军代表捡走了，以 0.44 分之差惜败。

两个营长都背负着家庭的重负。沈卫明父亲身患癌症，老家在江苏，结了婚、生了女，妻子和孩子在大同生活，因为部队战事忙，一家三口难归，父亲连小孙女都未过见。入发射场后，弟弟打电话来，说爸爸时日无多，念叨你呢，快回来吧。最后在发射归零的间隙，还是领导硬逼着他回家探望病重卧床的老父亲。

吉自国的儿子得了感应性神经耳聋，八个月大时就对人间声音没有反应，需要戴耳蜗校正，辗转了多家医院，卖房看病，甚至想转业回家。最后是部队官兵捐款二十多万，让他得以带孩子去湘雅医院治疗，然后到北京进行康复训练，终于赢得了一线希望。营里还有三十名老兵与他一样，已经宣布退伍却依然战斗到最后一刻。

沈卫明刚指挥完导弹飞天，导弹发射成功之时，弟弟电话也到了，父亲走了。而那三十名老兵，登车返乡，在火车站台上，脱下军装，摘下领章、帽徽，叠好，悲壮归去。

五期士兵康平，人称"金手指"，一指按下去的火箭以数亿元计。这个湖南娄底小伙子工作精益求精、兢兢业业，如今他是"兵王"，高级士官，妻子和孩子随军，享受团职待遇。因为小人物的梦圆，使得中国梦有了温暖的亮色。

历史的宿命

"宿命"一词，有说语出步虚词："宿命积福应，闻经若至亲。"本义是指星宿运行各有命令。地球在宇宙中的综合运动，以天体为坐标，归类民情，验其祸福。因决定果，前生决定后世，前因决定后果，福祸之因，皆自圆成。《大国重器》一书的附题是"中国火箭军的前世今生"，前世的命运，对来世是一个预兆和暗示，于今天的一种历史的大宿命。

钱学森"火军"之说，始于 1956 年元旦，一个甲子，2015 年 12 月 31 日习主席授旗并致训词，火箭军次日成立，昂然雄姿迈向世界。

历史大命运，仿佛有上苍之手在操盘。

旭阁将军，听课之少校，最终成为第二炮兵司令员。

前世亚洲第一个导弹营，今生第一个常规导弹营。

我，1958 年 4 月 4 日出生，四十四年军龄，手机尾号的最后两个数字亦是 44。

冥冥之中，皆付与苍烟落照，付与时代的大宿命。然，我还想说一句：剑非剑，器非器。木剑，铁剑，龙泉宝剑，大国长剑；导弹，火箭，中国核力量，镇国重器。重器也，但非器也，大国国器是人，大写的中国人，中国士兵，中国火箭官兵，这才是真正的大国重器。

我有重器堪干城。

大漠里的坚守

风掠过叶尔羌河，河边的胡杨傲然挺立。叶尔羌河的河水一路往下流，与和田河交汇，汇入塔里木河。在这里，凡有河水流过的地方，常常可以看到胡杨的伟岸身影。

1

车出和田城，雷本军坐在采购车的副驾驶位上，远眺冬天的落日，红球光晕朦胧，宛如胡杨树上挂了一个红灯笼。

太阳啊，请慢点走，再陪我一程吧。雷本军的心在轻轻呼唤着。巡管线太辛苦了。每周一次随生活车到和田市集贸市场采购，等司机将一周的副食、牛羊肉和蔬菜买好后，他们就从和田市驶出，溯玉龙喀什河走一程，然后转向墨玉县，差不多要走六十公里，就到了喀瓦克乡墩库勒村和田河输气站。下车后，雷本军开始一周一次的巡线工作。此后，车行一公里，他下一次车，巡查管线一个点，然后返回车中，再行一公里，再下车，如此循环往复。

前方，是一片胡杨，像野外跋涉的人群，向一百多公里外的麻扎塔格山走去。雷本军没有想到，自己在这条巡线路上，一走就是十年。

他想起十四岁那年，妈妈塞给他一封信，说是父亲从喀喇昆仑山下柯克亚寄来的，让他们转了户口，到塔西南去上小学。

于是，母子三人揣着迁移手续，从四川自贡市富顺县坐汽车，再换火车，再改乘汽车，千里迢迢，来到塔克拉玛干沙漠深处。他和弟弟到泽普县奎依巴格小镇上学，妈妈在家里操持家务，日子过得单调而平静。而父亲的形象，对他来说始终是一片模糊。父亲总是像漠风一样吹进门，又像风一样离去。当年，父亲脱下军装后，分到柯克亚上班，开油车，穿行于喀喇昆仑山下，几个月一轮休，几个月他才能见上父亲一面。

那个冬天，奎依巴格小镇很冷，寒风吹透了胡杨，光秃秃的枝丫在风中颤抖。彼时，雷本军读初三，弟弟上初一。他忘不了那个多雪的冬夜，乌云如铅块一样朝他们压了下来。他和弟弟被校长带进职工医院，他的父亲躺在白色床单上。早晨，他父亲驾车去装器皿，爬到一个大罐上，脚踩滑了，从高处摔了下来，送到泽普油田职工医院时，生命体征都没有了。他的父亲，就这样在他面前永远离开了。

三年技校学习毕业后，为了追逐父亲那模糊的身影，雷本军选择去柯克亚。结婚、生子，像父亲一样，分居两地，工作四十天，回来休息二十天。

2003 年，和田河发现一个大油气田，日产八十万吨天然气。在挑选精兵强将增援时，雷本军与二十二名职工从柯克亚被调往麻扎塔格山之西。他当了作业班班长，在那里一干就是二十年。二十年后，当时一起来的二十三个人，仅剩他一人还在坚守。

雷本军坐在卡车副驾上，追着麻扎塔格山的落日。太阳暗淡了，雷本军希望司机跑得快一点，再快一点，赶在天黑前到达和田河输气站。车驶过一片黄沙瀚漠，胡杨渐次多了起来，他们终于在落日还未被黑夜吞噬前，赶到了目的地。雷本军下车，检查、维护油气管道。他查过一处，退出来，坐上大卡车，再前行一公里，到下个桩点，看有没有气漏，将闸室的黄沙清扫干净……沿路共有十九个闸室，每个六七平方米，围着铁栅栏，他都要将其扫干净。

车子走过一村又一村，村庄越来越少。漠海无风，静得可以听到自己的心跳，一种巨大的孤独感将雷本军淹没。他极目远方，地平线上，白昼与黑夜正缠绵相搏。往北看，大卡车停于路边，车还在发动中，车灯射出两束柔和的光芒。风高夜黑，星星隐匿，红柳丛中，不时有沙狐出没。偶然因他的走动，惊起一只只波斑鸨，拍着翅膀飞翔的响动，划破了夜幕的寂静。

最苦的还是夏天，地表温度陡升至七十摄氏度，房间里开着空调都无法入睡。许多人受不了，调走了，雷本军却坚持了下来。或许是因为父亲的缘故，后来，他还考取了安全工程师的资格。

雷本军说，因为少年丧父，母子相依为命，他对家庭婚姻充满了无限期待，特别渴望有一个稳定的家。他至今都不能原谅自己的事，是爱人怀着儿子时，正值冬天，爱人挺着大肚子，傍晚下班回家，走出职工医院大门时，咣当摔了一跤，差点流了产，让雷本军愧恨不已。二十年来，每逢回塔西南轮休，雷本军将家里的活全包了，买菜、做饭、涮锅、洗碗，全不让爱人沾手，算是对她的一种补偿。

天亮了。雷本军巡完最后一公里，坐着大卡车，驶下麻扎塔格山。从车窗远眺，朝阳正将沙漠染成一片红海。

2

离天黑还早呢，中秋的白月亮却在喀喇昆仑山上若隐若现。

盖志如早早提了一把折叠椅，放在板房门前，坐看石油公司工会演出队装台。十几个演员在忙着化妆，布景和场地很大，大漠明月，观众却只有他一个，再加上两只狗、一只猫。

昨天和田河采油采气作业区打来电话，说工会演出队要来慰问玛东3井。盖志如说工友轮白班，只有他一个观众，这场戏咋看哪？

照演不误，采油采气作业区领导说，一个人也要演，就是唱给你看的，好好观赏。

盖志如的眼泪涌了出来。

玛东3井，位置非常偏。六间集装箱板房，一口采气井，一套架在半空的输气设备，两只狗、一只猫，被长方形的铁栏围着，构成了他们的世界。

盖志如来到这里已经两年了。两年前的某天傍晚，采区班长找到他，说："志如哇，你熟悉塔克拉玛干沙漠的脾气，带上一个工友到玛东3井当值吧，一定要守好了，不能出丝毫的纰漏。"

盖志如说："请放心，我是老职工，人在井就在。"

盖志如走出和田河宿舍，山东大汉的身躯，将大门遮了一大半。那一年，他已五十有三，虽在库车长大，老家却在山东，跟着父母学了一口山东话。

第二天，他与工友苟建华来到玛东3井。从车中搬下行李，等车子绝尘而去，盖志如环顾四周，觉得自己和工友仿佛被送到月球上来了，四周是彻骨的荒凉，数百公里内没有人烟。采气区被铁栏围成一个长方形，东西南北不过四五百米，油井直对那间值班的小板房。他的后边，一前一后，跟着两只狗，而一只猫则远远地蹲在食堂窗台上，望着新来的主人。

沙漠上见不到人。盖志如和苟建华本来就相熟，交往时间久，说话也多。可到了玛东3井，反倒生疏起来。每个人一间卧室，白天，一个上班，值守采气，一个休息，负责一日三餐，交集时间反倒少了。只有送饭和一起干活的时候，才多说几句话。日复一日，月复一月，年复一年，该说的话都说完了，便沉默不语。或一个人与猫、狗独处。每逢车子送补给，两个人都争着与司机搭讪，多说几句，那是鲜有的热闹时刻。

今晚太热闹了，玛东3井一下子涌来这么多人。有歌手，有舞蹈演员，有琴师，还有工会的领导。他们打起鼓，唱起歌，演出马上就要开始了。

天气真好。盖志如坐在折叠椅上，身后是一座立式采油机，旁边有六间活动板房，远处是一望无际的沙丘，沙丘起伏，一波又一波，宛如音乐的浪花掠过。笛声唤醒胡杨，玛东3井上演了一台音乐盛典。

这是一场只有一名观众的演出。

演唱的人，满目含情，她唱得那么动情，那么投入。盖志如独坐在大漠上，为台上的演出鼓掌。那一刻，天空中一轮月，舞台上一个人，舞台下一个人。黄沙映照着天空，歌声在人心里吹起了波纹。

盖志如与家人相聚很少，跟孩子相处的时间更少，对家人基本照顾不上。他在一线工作的时间，每年都在两百天以上。在玛东3井的经历，他从未与家人讲过半句，他觉得一个塔克拉玛干沙漠的石油人，应该将万里黄沙挡在家门外边。

当初，刚到玛东3井时，家里有个急事要打电话，他得跑到室外，站在高高的沙丘上找信号。现在条件好了，信号、网速都很好。盖志如说，油田领导对玛东3井很关心，每周都会派人送肉、蔬菜、水果及其他食物过来。领导也经常来这里慰问。如果重新选择，他应该还会选择在这里工作。

那天，台上的女歌手唱了什么，盖志如已经不记得了。他只记得歌手的眼睛里噙着泪花。女歌手唱完，麦西来甫的胡琴声就响起了，欢快的旋律中，一位独舞演员登了场，那旋律、那音乐、那舞姿，都是盖志如从小就熟悉的。听着熟悉的旋律，他的眼睛湿润了。但是，男儿有泪不轻弹。为了谁？为了南疆人民，为了国家，为了大漠月儿圆，还为了那片金色的胡杨林。

听说，再过一个月，玛东3井将改为自动化无人值守，在这黄沙深处的孤独坚守，将永远成为历史……

3

秋里塔格山就在前方，黄少英叫司机停车，说不能再往前开了，就在这里下车，我们从北边进山，步行过去。

此时，天空晴朗，阳光灿烂。九个人下车后，两名司机驾车绝尘而去。

这是南疆夏天的早晨，黄少英带了构造室八个人准备翻越秋里塔格山，这可是连鸟儿都飞不过去的高山。可是，地球物理专业出身的黄少英执意要翻越过去。他与司机约好了，晚上到山那一边接他们一行。

沿着沟底而行，一直朝前走，南边横亘着一排山，翻过去，就可以下山了。可是这排山都是五六十米高的绝壁，无路可攀，下边又是一个水塘子，将路阻断了。他们好不容易过了水塘，却没有爬山的绳子。彼时已经是下午五点半了，手机没有信号，按照约定，晚上十点之前，必须给单位报平安的。无可奈何，只好往下撤，沿路返回，再沿着河谷往下走。雪来云涌，天气冷极了，又走了六个小时，已经到了晚上十一点，才走回下车处，终于有信号了，赶紧向单位报了一个平安。

悻悻而归，黄少英有一种挫败感。但是，他决定，下次还来，带着绳子来！过了三年，他与外国专家合作，决心走另一条道，从南边往北走，翻越秋里塔格山。可是，当他们进入中间河谷地带，本来晴空万里的天气，突然间乌云翻滚，又是风、又是雨、又是冰雹，再次把他们给逼回来了。

从北向南，抑或从南向北，都没有穿越秋里塔格山，黄少英饮憾而归。

"为何要一而再、再而三地翻越秋里塔格山？"我问黄少英。

"因为秋里塔格山和北边的克拉苏构造带是库车坳陷盐构造发育的主要地区。它们的露头点都可写进教科书。那里各种盐上层的构造变形样式都有，是研究盐下层变形的基础，是库车盐相关构造理论研究的起点。"

"盐相关构造理论？"我问。

"是的。"黄少英说，"我们坚信，库车的盐相关构造是最具典型性的，油气就藏在盐下成排成带的构造里。"

哦！我对眼前这位年轻的地质学家有点刮目相看。

"你们关于这盐相关构造的研究，取得了什么成果？"

"国家科学技术进步奖二等奖。"

坐在对面的黄少英个子并不高，老家在广西田东县那拔镇坝平村，从小读书就争气。后来考上北京的著名学府，从本科念到博士。2004年，他博士毕业时，恰逢塔里木油田到北京招人。那一年，塔里木油田招了两位青年博士和几名硕士研究生，黄少英是其中之一。

黄少英还不是一个人来，他是夫妻双双入南疆。彼时，库车的石油勘探遇到难题，仍以 20 世纪 80 年代初外国科学家提出的断层褶皱理论找油。按这个理论，找到背斜，就等于找到了油。可是，实际情况并不乐观，库车的石油勘探遇到了巨大挑战。黄少英在废井基地跑了三年，经过认真研究，向技术专家们建议，可否用"盐相关构造理论"找油，并请来有关专家赴南疆联合考察研究，在库车等地展开勘探。2008 年，克深 2 井开钻，次年获得成功，黄少英功不可没。

在黄少英的眼里，塔克拉玛干沙漠是中国地质的百科全书，他立志要在四十岁前，徒步考察塔克拉玛干沙漠。

我问他："大漠中迷过路、遇过险吗？"

"有惊无险。"黄少英淡然地说，"现在通信手段很先进，不大可能在大漠中迷路。环漠地质考察，最让人担惊受怕的是天气。出发前，还是晴空万里，走着走着，天气就变了，一阵云来，一片雨过，河谷洪水陡涨，野马般从峡谷中冲出，一个躲闪不及，就可能被卷走……"

我还关心喀喇昆仑山下的柯克亚，就问他："那里还有油吗？"

"有油！"黄少英坚定地说，"它可能藏得有点深。塔西南的盆地，属于低洼地带，在石炭纪、二叠纪产生了油层。这几年我们一直在做柯克亚昆仑山的钻探，昆探 1 井已经打了七千米了，到了目的层，有比较好的显示，有气喷，后边还会有好的显示。"

正是凭着对塔里木盆地的行走踏勘，2020 年，年近不惑的黄少英获得"黄汲清青年地质科学技术奖"。两年一次的评奖，每次获奖人数不超过十五名。

"没有想过离开？"我问。

"没有。"黄少英摇了摇头。

"为什么？没有机会吗？"

"机会多多，很多企业挖我，甚至国内一流的大学也挖我。"黄少英平静地说，"可是，塔克拉玛干沙漠是中国地质百科全书哇，搞地质的人，都会被它迷住的。这样好的平台，我怎么会放弃？"

窗外，漠北的早樱开了。而到了秋天，叶尔羌河、塔里木河，又将是一片金色的胡杨林……